絶体絶命ラジオスター

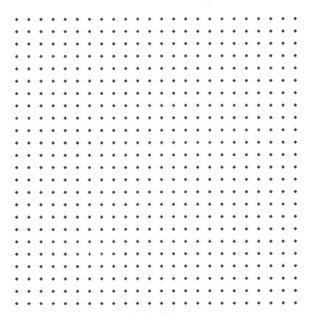

志駕晃

毎日文庫

本書は書き下ろしです。

装　丁　bookwall
カバー写真　ゲッティ イメージズ
校　閲　神林千尋

絶体絶命ラジオスター

一

『あと三十秒で曲、終わります』

副調整室からのミキサーの美帆の声が聞こえてくる。

帝都ラジオ第二スタジオの壁の時計は、午後十一時五十分を指している。

俺の名前は垣島武史（かきしまたけし）。職業はアナウンサー、この帝都ラジオに入社して今年でちょうど十年になる。

もともとはプロ野球中継がやりたくてこのラジオ局に入社したが、ツーアウト満塁になると緊張でトイレに行きたくなる難儀な体質だったため、すぐにスポーツアナを首になった。

一時は会社を辞めることも考えたが、開き直ってそのトイレ話をネタにしているうちに、「お前はむしろバラエティが向いている」と編成部長の柴田に言われ、平日午後十時から二時間の『ショッキンナイツ』のパーソナリティーを担当させられた。しかしこの時間帯は裏番組が強力で、番組スタート時の聴取率は0パーセントだったが、徐々に人気が出てきて三年が過ぎようとしていた。

「ＣＭ明けにニュースが入ります。飯島アナを紹介してニュースを読んでもらって下さい。その後ショートジングルを打ちますから」

ディレクターはそう言い残すと副調に戻っていく。東大卒なのにラジオが好きで帝都ラジオに入社してしまった。そんな彼についたあだ名が『東大君』。見事なまでの逆差別だ。

銀縁の眼鏡をかけた飯島アナがスタジオに入ってくる。ニュース読みが上手く、いずれ朝の情報番組に抜擢（ばってき）されるのではと期待されていた。年齢は俺よりも五つも年下なのに、薄くなった頭髪のせいで五つぐらいは上に見える。

「なんかあったの？」

俺は何気なくそう訊ねた。

「経済ネタですから、垣島さんにはちょっと……」

飯島が原稿から目を離さないで、そっけなく答える。

「なんだよ、その言い方は。俺には経済ネタなんかわかんないと思ってるんだろ」

「ＦＯＭＣ、アメリカ連邦公開市場委員会が、いよいよゼロ金利の解除を検討しはじめたっていうニュースですよ。垣島さん、興味ありますか」

銀縁の眼鏡の奥で、飯島の目が微（かす）かに笑ったように見えた。

「それって、今ここで読まなきゃいけないようなニュースなのか」

この番組は報道番組ではない。

「アメリカのゼロ金利解除ですからね。今夜のニューヨークや明日の東京のマーケットで、為替や株が乱高下するかもしれませんから」

そう言われると、俺もちょっと気になった。

「本当か？　その場合ドルは上がるの、それとも下がるの？」

「日本はまだまだゼロ金利が続きますから、円に対しては間違いなくドル高になるでしょうね」

「本当か？　それって今入ったニュースなの」

「三分前に、共同から一報が入りました」

時計の針は十一時五十六分十五秒を指している。

「垣島さん、エンディング用のメールです」

メールを手渡してくれた男が着ているスカジャンの背中には、見事な龍の刺繍が施されていた。スタジオよりも歌舞伎町が似合うこの三十半ばの男は、この番組の放送作家で、『ドラゴン』と呼ばれている。

俺はソフトモヒカンの頭を撫でながら、ざっとメールに目を通す。

ラジオネームに赤丸がついているのは、間違えて本名を読んでしまわないように、ドラゴンが事前にチェックしてくれているからだ。

「時間は？」

トークバックでディレクターの東大君に訊く。

『中身二分です。メールのあて先とプレゼント告知を忘れずに。ゴーハチサンマルには上がって下さい』

ゴーハチサンマルは五十八分三十秒を意味している。

「無理だ。いくら早口でしゃべっても、そんな短い時間でこんなに長い原稿をしゃべりきれるはずがない」

俺はガラス越しに抗議する。

『大丈夫です。垣島さんならできます。ちなみにそのプレゼント告知は営業案件ですから、言い間違えたら事故になります』

俺は思いっきり東大君を睨むが、東大君は爽やかな笑顔とともにキューを出す。俺はカフというスタジオのスイッチを自分で上げる。

「ここでニュースが入りました、飯島アナウンサーお願いします」

飯島が神妙な顔をして、ＦＯＭＣのニュースを読みはじめる。

「円安ドル高か」

カフを下げて小さな声でそう呟いた俺は、副調にばれないようにスマホを取り出し、片手でＦＸ会社のアプリを開いた。

酒乱、遅刻癖、物を失くすなど、俺には社会人として様々な欠点があったが、最もよくないのはギャンブルが止められないことだった。生まれて初めて買った馬券が万馬券だったので、自分にはギャンブルの才能があると信じ込んでしまった。その後競馬、競輪、競艇、パチンコと、ありとあらゆるものに手を出したが、なかなか奇跡は起こらなかった。そして最近、俺が最も嵌っているのがこのＦＸ、外国為替証拠金取引だった。

この仕組みがわかってからは、ギャンブルをやるのがバカバカしく思えてしまった。もちろんＦＸは投資だが、俺はＦＸもギャンブルみたいなものだと思っている。ＦＸをギャンブルだと考えると、競馬や競輪など他のギャンブルとの決定的な違いは還元率、つまりテラ銭の割合だった。どんなに勝とうが、競馬はＪＲＡに二十数パーセント持っていかれるが、ＦＸなら一回たったの数百円だ。しかも上がるか下がるかを当てるだけなので、丁半博打のようにシンプルだ。

アプリを開き取引画面が表示されると、案の定、真っ赤な数字がけたたましく点滅していた。ドル円はもちろん、ユーロ、ポンド、スイスフラン、そして南アフリカランドまで、全ての板がお祭り状態だった。ドルが各国通貨に対していっせいに買われていた。逸る気持ちを抑えながらチャートを見る。

今、俺のＦＸ口座には冬のボーナスだった百万円が入っている。この百万円を元手にして、取引所では最大二十五倍までのレバレッジを利かせることができる。

つまり二千五百万円賭けられるのだ。

「こりゃ、一ドル一一〇円を超えてくるかもな」

そう小さく呟くと、ドル売円買、上限レバレッジの二十五倍、証拠金全部の二十七万五千枚、成り行き注文を選び、確認のボタンをクリックした。

『垣島さん、ニュース終わりました』

ヘッドフォンから東大君の声がしたので、俺はすかさず話しはじめる。

「ここで成宮製菓からのお報せです。成宮製菓では創業五十周年を記念して、期間限定のアイスの『ナリミヤ君50』を……」

『カフです、カフ。垣島さん、カフが上がっていません』

やばい。FXに気を取られて、カフを上げるのを忘れていた。俺の脳裏に「放送事故」の四文字が浮かび上がった。

二

『ハイランド』に着いた時には、時計の針は午前二時を回っていた。

二十四時に生放送が終わり、いつもの居酒屋で番組スタッフと盛り上がった。そして朝まで営業しているこのバーに、ドラゴンと二人でやってきた。

「あれ、浜口さん、まだ来てないっすね」

店内を見渡してドラゴンが言った。

今日はここで、番組のコメンテーターの浜口和人と打ち合わせをすることになっていた。

「そのうち来るだろ。先に飲んでいようぜ」

俺たち二人はカウンターに腰を下ろした。日比谷の路地裏にあるこのバーは、六人で満席になってしまうカウンターと、奥に申しわけ程度のテーブル席があるだけの小さな店だった。

「マスター、ラフロイグをロックで」

「えーロックですか。垣島さん、大丈夫ですか？　もう記憶がなくなっているんじゃないんですか」

ドラゴンが目を丸くする。

「大丈夫だよ、大丈夫」

「酒飲みが大丈夫っていう時は、もう確実に大丈夫じゃない時なんですよ。東大君が言ってましたよ。最近の垣島さんは酒乱のくせに、記憶をなくすからタチが悪いって」

三十代も半ばを過ぎて、飲んで記憶を失くすことがしばしばあった。そのせいで東大君をはじめ番組スタッフには迷惑をかけているようだったが、その時の記憶が俺にないので反省のしようもない。

「俺ってそんなに酒乱かな。全然自覚がないんだけど」

前の居酒屋では焼酎を飲んで一升瓶が空いていた。その大半は俺の胃袋におさまったはずだった。

「だから酒乱だって言われるんですよ。まあ垣島さんの酒は明るいから、俺は嫌いじゃないですけど」

「そうなのか、俺は明るい酒乱か。じゃあ、問題ないな」

「明るくたって酒乱は酒乱ですよ。マスター、僕はハーパーの水割りで」

鼻の下にチョビ髭をはやしたマスターが笑顔で頷き、アイスピックで氷を砕きはじめる。

「しかし、今日のエンディングは危なかったですね。もう完全に事故ったと思いましたよ」

カフを上げ忘れて時間がなくなった俺は、もの凄い早口でスポンサーのパブリシティー原稿を読みことなきを得た。

「俺ってさ、緊張するとダメなんだけど、絶体絶命の時には不思議と何とかしちゃうんだよね」

マスターが二人の前に褐色の液体の入ったグラスを置いた。

「垣島さん、最近ずっとそのラフロイグですね。それって美味いんですか。僕が前に飲んだ時は薬みたいな味がしましたけど」

「まあ、美味いか不味いかと訊かれたら、……不味いな」

このシングルモルトは独特な味がして、ウイスキー好きの中でもこの味の評価は分かれる。味は海藻に例えられる事が多いが、正露丸だという人もいる。

「えっ、不味いんですか？」

「味だけなら日本のウイスキーの方が美味いよ。日本のウイスキーは食事と一緒に飲むことを想定しているから、口当たりのよい淡麗なものが多いんだ」

そう言いながらラフロイグのグラスを傾けると、独特な匂いが鼻を突く。懐かしいような切ないような、ピート臭の香りが鼻腔いっぱいに広がる。ピートとは泥炭という意味だが、俺はこのラフロイグの香りがいいか悪いか正直わからない。

「じゃあ、何でその酒を飲むんですか」

「まあ、修行みたいなものだろうな」

「何ですかそれは？」

ドラゴンは眉間に皺を寄せる。

「三十過ぎの男がさぁ、美味いとか不味いとかだけで、ウイスキーを語っちゃいけないと思うんだよね」

俺は神妙な顔を作る。

「なにその、今、俺いいこと言ったみたいな感じ。俺はのりませんからね」

ドラゴンは呆れ顔で煙草を取り出し、ライターで火を点ける。

「それから垣島さん、いつもその革ジャン着てますよね。やっぱりそれも何かのこだわりですか」

サラリーマンではあるが、俺の服装は完全に自由だった。むしろスーツなどを着ていると、パーソナリティーらしくないから止めろと言われていた。

「こだわりっていうか、これは衣装みたいなものだからね。取材や番宣用の写真はこの革ジャンとサングラス、そしてソフトモヒカンが俺のスタイルだから」

「それってダサくないですか？」

「そ、そうかな」

自分ではカッコいいと思っていたので、そのドラゴンの指摘に動揺してしまう。

「ラフロイグにせよ革ジャンにせよ、人と違ったこだわりを持つことがカッコいい大人への第一歩だと思ってるんだけど」

「今どきそんなの流行らないんじゃないですか。特に革ジャンサングラスは、昭和の暴走族のイメージしかありませんよ」

ドラゴンのその一言が俺の酔いを醒めさせる。

「しかし、浜口のおっさん来ませんね」

腕の時計はもうすぐ午前二時三十分になろうとしていた。ドラゴンがスマホに電話をしてみたが繋がらなかった。

「自分で呼び出しといて、どういうことなんですかね」

「まあそのうち来るだろう。それとも忘れちゃったのかな」

浜口はワシントンに五年、モスクワに四年滞在し、その後、アメリカの政府系シンクタンクに所属していたという国際通の政治学者だった。年齢は四十ちょっとでCIA幹部との交流もあった。もっともCIAといってもスパイ映画のようなことをしているのはごく一部で、基本的には各国の新聞、雑誌、学者の論文などに出てくる情報を分析するスタッフがほとんどなのだそうだ。

「垣島さんって私生活が謎ですけど、彼女とかいるんですか」

「彼女？　うーん、彼女ぐらいいるよ」

長い髪、大きな瞳、そして拗ねているようにも見えるアヒル口が可愛い娘だった。今でも俺のスマホには、麻希という名前とともに彼女の電話番号が入っている。連日の夜の生放送。今日こそは電話をしようと思いながら、それが出来ずにもう三週間が過ぎてしまった。

「どんな彼女なんすか。教えて下さいよ」

麻希とはゼミの後輩の紹介で知り合った。

俺の後輩の彼女が、麻希の親友だった。麻希はファッション誌から抜け出たようなお洒落な女の子だったが、残念なことに、帝都ラジオではなく六本木ヒルズにあるFM局のファンだった。俺はAMのよさをこんこんと説明したが、「トークばかりのAMのどこがいいのかさっぱりわからない」と言い放った。失礼な女だと思ったが、「とにかく一度、俺の番組を聴いてみろ」という捨て台詞(ぜりふ)を吐いてその場は別れた。

それから数日後、彼女から電話がかかってきた。「とにかく会おう」ということになり、はじめて二人だけでデートをしたが、その時の会話のほとんどは俺の番組に対するダメ出しだった。

確かにその頃の『ショッキンナイツ』は、スタートしたばかりで迷走しまくっていた。俺のトークも力が入りすぎて空回りしていたし、スタッフ間のコミュニケーションも悪く意図のわからない企画がたくさんあった。

その時麻希とは、結局気まずい雰囲気のまま別れた。

もう二度と彼女とは会うことがないと思っていたが、その翌日から毎日俺にメールが届いた。しかし色っぽい文面は一切なく、内容はその日の放送の感想という名のダメ出しだった。上司やディレクターなどにただでさえダメ出しをされている中、ろくにAMラジオのことを知らない女のその不愉快なメールを、当然ながら俺は無視した。

しかし麻希は執拗(しつよう)にメールを送ってきた。

ラジオはテレビと違い、ごく少数の人数で作られる。だから一人の人間が変わるだけでも番組は変わる。それがパーソナリティーならば尚更だ。

ある日俺は試しに麻希のダメ出しに従って、ちょっとトークを変えてみた。するとスタッフの表情が一変した。ドラゴンに「飲みに行きましょう」と誘われたのもその夜が初めてだった。

その日、「今日の放送はよかったと思います」という麻希からのメールが着信した。よくよく冷静になってみると、毎日送られてきた彼女のダメ出しは実に的確で、スタッフから言われていながら直せないこと、いや正確にいえば自分で勝手に直せないと思い込んでいたことだった。

麻希は俺の番組を本当によく聴いてくれた。屈折しつつも俺の番組に対して、深い愛情があることが伝わった。それは俺に対する愛情なのかもしれないと思い、麻希の不器用さが愛おしく思えてきた。

「そんな遠い目をして、垣島さん何を考えているんですか。ねえ、教えて下さいよ、その彼女のことを」

ドラゴンの猫なで声で我に返る。

「お前に、そんなトップシークレットを教えるはずがないだろう。絶対、放送でネタにするんだから」

「そんなー、信用して下さいよ。絶対に生放送で、その彼女に電話を繋いだりしませんから」

ドラゴンの目に、邪悪な光が灯(とも)っていた。

三

麻希に電話をするのはいつ以来だろうか。

今でもこんなに好きなのに、どうして長い間、電話をしなかったんだろうか。俺は彼女の番号をプッシュする。

2、7、1……3、おっと、間違えた。もう一度だ。

2、7、1……3、また、間違えた。

2、7、1……3、まただ……。

ベッドの上で目を覚ました。夢の中で何度も麻希の電話番号を押し間違える。最近何度も見る夢だった。

次の瞬間、胃から何かが込み上げてきて、酸っぱい液体が口の中に充満する。

たまらずトイレに駆け込み、一気に便器に吐き出した。涙目になりながら胃の痙攣(けいれん)と闘いつつ、何度も何度も嘔吐(おうと)の声を上げる。ほとんど吐くものもなくなって、やっと吐き気が落ち着いた。

洗面所でうがいをすると、少しだけ気分が楽になる。どうやら昨日は、帰宅してベッドに直行してしまった。着の身着のままで寝ていたから、当然、風呂にも入っていない。バスルームに行きシャワーの蛇口を捻る。汗と汚れがついたシャツやトランクスを脱いで洗濯機に叩き込んだ。

熱いシャワーを浴びながら、昨日の記憶を思い出す。

一軒目の居酒屋で、番組スタッフのみんなと飲み会をした。コップ半分のビールで東大君が酔いつぶれたのは、いつもの通りだ。二軒目は『ハイランド』で、ドラゴンと飲んだ。打ち合わせをする予定だった浜口は、結局、来たのだろうか。その辺りから記憶が定かではない。

バスタオルで体を拭くと、右肩に痛みを感じた。鏡を見ると青黒く痣になっていて、まるで誰かに殴られたようにも見える。ドライヤーで髪を乾かしていると、やっと気分が落ち着いてきた。胃の中の全てを吐き出したおかげで、そんなに気分は悪くない。このぐらいの二日酔いならば、スポーツドリンクを飲めば収まるだろう。

三軒目はどうしたのだろうか。

そもそも三軒目なんて行ったのか。その後どこでどうやってタクシーを拾い、このマンションまで帰って来たのだろうか。

俺はベッドルームに戻り、テーブルの上に置かれた財布の中身を調べる。

昨日の二軒目以降の俺の足取りを、今日の俺が追う。財布の中に領収書は残っているだろうか。二軒目の『ハイランド』のレシートを発見する。さらにもう一枚、飲み屋の領収書も発見する。店の名前は『パピヨン』と書かれてあった。初めて見る店名で、カードで二万五千二百円を支払っている。

何の記憶も残ってないのにこの出費は痛い。住所は銀座だが、本格的なクラブならばもっと値段が高いような気がする。領収書に書かれた住所は「銀座八丁目」だから、きっと銀座のはずれの方だろう。

そうだスマホだ。

スマホに何かの履歴が残っていないだろうか。

俺はすぐにスマホを探しはじめる。ベッドルームにスマホはなかった。鞄の中、昨日着ていた革ジャンのポケット、机の下、靴の中、ありそうな所を徹底的に探すが見つからない。徐々に嫌な予感が膨らんでくる。

部屋の固定電話から自分のスマホにかけてみる。祈るような気持ちで、スマホの呼び出し音が鳴るのをじっと待った。

『おかけになった電話は電波の届かない所にあるか、電源が入っていないのでかかりません。ＮＴＴドコモです。おかけになった電話は電波の届かない所にあるか、電源が入っていないのでかかりません。NTTドコモです……』

そんなメッセージが流れてきたが、スマホの着信音はしなかった。

スマホのバッテリーがなくなってしまったのか。それとも誰かが拾った後に電源を切ってしまったのか。いずれにせよこっちから逆電をして、電話に出てもらうことは不可能となった。

現代人にとって、スマホのない生活など考えられない。

今日のこれからのスケジュールも、全てスマホの中に入っている。今日は午後四時に何かの打ち合わせがあったはずだ。東大君にその予定を訊ねるにしても、彼の電話番号もスマホの中だ。そしてさらにまずいことに、俺のスマホの電話帳には、仕事で知り合った芸能人の電話番号も入っていた。万が一そんなものが流出したら、とんでもないスキャンダルになってしまう。

もしも紛失したとすれば、タクシーの中の可能性が高い。

幸いなことに、財布の中にはマルトモタクシーという会社の領収書が残っていた。その領収書に書かれていた番号に電話をかける。

『こちらにはまだそれらしきスマホは届いていませんが、調べてみますのでお客さんが乗った時間と区間、そしてスマホの色や機種を教えて下さい。わかり次第、折り返し電話を差し上げます』

俺はタクシーに乗ったと思われる銀座から、この都立大学駅近くの自宅までの区間、さらに黒いスマホの機種、そして自宅の電話番号を伝えると受話器を置いた。

さらに『ハイランド』と『パピヨン』の領収書に書かれた電話番号をプッシュする。しかし二軒とも繋がらなかった。深夜営業の飲み屋に店員が出てくるのは、どんなに早くても夕方だろう。

近所の小学校のチャイムが聞こえてきた。時計の針は、午後零時四十五分、昼休みの終了の知らせだろう。念のためもう一度、自分のスマホにかけてみたが、相変わらず「かかりません」のメッセージだった。しょうがない、タクシー会社からの折り返し電話を待つしかない。

俺はソファに座ると、リモコンでテレビのスイッチを入れる。

《本日未明に、東シナ海に向けて発射された二発の弾道ミサイルは、従来のものとは異なりグアムを射程に収めるタイプの新型で、アメリカ政府はこれに猛烈に抗議する談話を発表しました》

画面いっぱいに映った女子アナが、そんなニュースを読んでいた。東アジアの若い独裁者が、ミサイルを撃ちまくって世界に無用な混乱を招いていた。いよいよアメリカを直接挑発しはじめたらしく、そうなるとあの国の大統領が黙っているはずがなかった。

《これによって市場の緊張が一気に高まり、アメリカの株式相場は大幅に下落しました。

ドル相場も大幅なドル安となり、現在一ドル一〇九円五〇銭で推移しています》

一ドル一〇〇円五〇銭？　……スマホの心配ばかりしていた俺の頭が一気に切り替わる。

やばい！

心の中でそう叫ぶと俺はパソコンに飛びついた。焦ってブラウザを立ち上げてＦＸ会社のログイン番号を入力する。

完全に裏目に出てしまった。

昨日二五倍のレバレッジを利かせてドルに換えた俺の百万円は、ものの見事に溶けてしまったはずだ。やっと切り替わった取引画面から、建玉照会をクリックした。

やはりそこには何もなかった。

昨晩発注したはずの二千五百万円相当のドルのポジションは、跡形もなく消え去っていた。急いで口座情報をクリックすると、そこには十万円にも満たない残高が表示されていた。百万円がたった一夜で強制決済され、わずかに残ったのがその金額だった。無言の死刑宣告を受けて、俺はがっくり首をうな垂れた。

惰性で取引履歴をクリックする。俺の大事な百万円が何時何分に溶けてしまったのかを確認しておきたかったからだった。

しかしそこに変な数字が表示されている。

その取引履歴によれば、昨日の夜から今朝にかけて、俺は一度持ったドルの「買い」ポジションをそっくりそのまま反対売買し、さらにその数時間後にその全てのポジションを決済していた。そして百万円以上の儲けを得ていた。

『ハイランド』で飲んだ後に、酔った俺が何かを思い付き、反対売買をしたのだろうか。そしてその記憶を失くしてしまったのだろうか。

有り得ない話ではないと思った。

しかしその残高が口座にないのはなぜだろうか。入出金履歴を見ると、儲けのほとんどが出金され、その金は俺の銀行口座に振り込まれている。

俺は慌ててもう一度財布の中を調べてみる。

キャッシュカードを盗んで、誰かがその金を引き出したのではないだろうか。クレジットカード、本屋のメンバーズカード、大型家電量販店のポイントカード……、銀行のキャッシュカードは俺の財布の中にあった。

ＦＸ口座から銀行口座へ出金の操作をしても、俺の銀行口座から引き出せなければ現金化はできない。しかもこのカードは、指の静脈の生体認証を必要とするカードだ。暗証番号を知っているだけでは下ろせない。

その時、滅多に鳴らないリビングの固定電話が鳴った。軽い動揺を感じながら、俺はゆっくり受話器を取った。

『マルトモタクシーです。垣島さんのスマホですが、いろいろ調べているんですが、まだそれらしき携帯の落とし物は届いていません』

タクシー会社のスタッフが、すまなさそうに言った。

「そうですか、何かわかったらまた連絡を下さい」

そう言って俺は電話を切ったが、急にスマホの行方が気になりだした。

俺が加入している通信会社には、『ケータイお探しサービス』というものがある。ＧＰＳ機能を使って自分の携帯のある場所をズバリ調べてくれる究極のサービスだ。それは自宅のパソコンからも調べることもできる。

ＦＸ口座の取引画面からログアウトし、お気に入りに入れておいた『ケータイお探しサービス』のページをクリックした。俺はたびたびスマホを紛失しているので、何度もこのサービスを利用していた。必要事項を入力してスマホのありかを検索する。今、クリックした俺の指令を受けて、地球を周回する通信衛星が俺のスマホのありかを教えてくれる。何よりも正確で強力なスマホ探しの最終兵器だ。

喉がカラカラに渇いているのが気になった。

冷蔵庫からスポーツドリンクを取り出し、その液体を喉に流し込んだ。パソコンの画面をのぞくと、地図に変わっていた。『ケータイお探しサービス』の検索が終わったようだ。

地図上に三つの印がついていた。

ひとつは、東京都足立区入谷。

もうひとつが、千葉県浦安市舞浜。

そして最後のひとつが、神奈川県横浜市関内。

何度かこのサービスを利用したことがあったが、こんなことは初めてだった。いつもは一ヶ所の地図とその住所が出てくるのだが、何かの故障だろうか。

その時、またリビングの固定電話が鳴った。

『マルトモタクシーです。垣島さんのスマホが見つかりました。このスマホをどこかにお送りしましょうか、それともこちらに取りに来ますか?』

「場所はどちらですか」

『東京都足立区入谷……』

ケータイおさがしサービスでヒットした住所のひとつだった。

「これから取りに行きます」

四

俺が借りているマンションから足立区の入谷までは、高速を使って四、五十分。マルトモタクシーでスマホをピックアップし、そのまま車で会社へ向かえば、なんとか夕方の打ち合わせに間に合うはずだ。俺は出掛ける準備を済ませると、愛車の鍵を持って部屋を出た。

俺の愛車はアルファロメオ・スパイダーだった。

ある日、中古ディーラーに出掛けた時に、赤い二人乗りオープンカーの美しいフォルムに魅了された。しかしそのイタリアの車はマニュアルで、しかも電気系統が弱いと聞いていたので、冷やかし半分で販売員にそのことを訊ねた。

「お客さん、電気系統なんか気にする人はこの車には乗りませんよ」

俺はもう一度、その赤いオープンカーをまじまじと見た。

『誰とでも寝る女じゃないのよ』

車がそう言っているような気がした。

そして俺以上に、この車を気に入ったのが麻希だった。

前からこんな車に乗りたかったと彼女は言い、金を半分出すから好きな時に運転させてほしいと提案された。俺はその提案に乗り、麻希の現金を元に残りは自分でローンを組んでその車を買った。平日は電車で会社に行かなければならないので、実際にこの車に乗ったのは麻希の方が多かったかもしれない。

マンションのエレベーターで一階に降りて、管理人室の前を通るとオートロックのエントランスの自動扉が開く。二十四時間体制で管理人が常駐してくれるこのマンションは、セキュリティーの良さが売りのひとつだった。

そして地下に続く階段を下りると駐車場があった。

一番手前は白いプリウスのスペースだったが、今は何もなかった。その先に赤いフェアレディと青いＢＭＷが止まっていた。ＢＭＷのその先のスペースを、俺は赤いオープンカーのために借りていた。

俺は思わず目を凝らした。

最初はまだ昨日の酔いが抜けていないのかと思った。そこにあるべき赤いオープンカーがなかったからだ。

赤いオープンカーが忽然と姿を消していた。

麻希が俺に断りもなく、乗っていったのだろうか。彼女には俺の部屋の鍵と同様にその車の鍵も渡していたので、その可能性は充分にあった。俺がいないマンションにやってきて家事をしてくれた後に、断りもなく車でドライブに行ってしまうこともあった。しかしこの一カ月は、麻希はこのマンションを訪れてはいなかった。

五

マルトモタクシーに車で行くことを諦めた俺は、最寄りの都立大学駅まで徒歩で移動した。そのタクシー会社の最寄り駅である日比谷線の入谷駅までは、電車で五十分ぐらいかかるので、駅の売店で本日発売のコミック誌を買った。その雑誌は俺が子供の頃から毎週欠かさずに読み続けているもので、電車に揺られながら最後のページまで読み切ったところで、やっと入谷駅に到着した。

目指すべきマルトモタクシーは、駅から十分ほど離れたところにあった。

線路沿いの道を歩いて行くと、黒と黄色の同じデザインのタクシーがひとつの駐車場に並んでいた。特に看板も出ていないので戸惑ったが、鉄製の外階段を上ったプレハブ建ての二階に事務所があった。事務所といっても机が五個ほど並べられているだけで、そこで厚い眼鏡をかけた中年のおじさんが一人で仕事をしている。

「すいませーん。先ほど電話をした垣島というものです。スマホをタクシーに忘れてしまったのですが」

おじさんは俺の声で初めて顔を上げ、厚いレンズの眼鏡を持ち上げて俺の顔をまじまじと見た。

「忘れ物ですか。えっと、どんなスマホですかね？」

ふと聞き覚えのある声がしたので、その方角を見ると帝都ラジオが流れていた。昼のワイド番組で、俺の先輩アナウンサーがしゃべっていた。

「えーと、昨日の夜、有楽町から都立大学まで乗ったんですが、スマホは国産メーカーのもので色は黒です」

「この中にありますかね」

彼は机の一番上の大きな引き出しを引っ張って中を見せる。赤、青、シルバー、ストレート型に二つ折り、そして各社のスマホやガラケーが保管されていた。俺みたいな粗忽者が、世間には結構いるようだ。

「あ、その黒い奴です」

俺はその中のひとつを指さした。

「あーこれね。ああ、確かに昨日の夜に拾われていますね」

スマホについているメモを、おじさんは眼鏡を外して確認する。

「何か身分を証明できるものありますか？」

「免許証ならば……」

俺は財布の中から免許証を抜き出して手渡した。

「では受け取りのサインと、自宅か勤務先の連絡先をここに書いて下さい」

差し出された用紙に、「垣島武史」と書き込んだ。

おじさんはその用紙と運転免許証を見比べる。眼鏡を掛けたり外したりしながら何度もそれを見直して本人確認をしているようだった。

「あれ？」

急に彼の表情が変わる。

「何か、問題ありますか」

運転免許証の写真は、今のソフトモヒカンに変える前の七三分けのものだったので、別人に思われてもしょうがないような写真だった。

「垣島……武史さん？」

「はい、垣島武史です」

「あなた、本当に、垣島武史さん？」

何かまずいことがあったのだろうか。少しだけ胸がざわついた。

「はい。私の名前は垣島武史ですが、それが何か問題ですか」

「帝都ラジオの垣島さん。カッキー、あんた、カッキーなの。いやー、『ショッキンナイツ』いつも聴いてるよ」

なんと、このおじさんは俺の番組のリスナーだった。カッキーというのは俺のラジオ上のニックネームで、俺をそう呼ぶということは、リスナーの証明のようなものだった。

「いや、どっかで聴いたような声だと思ってたんだ。へー、あんたがカッキー。うーん、思っていたよりはいい男じゃん」

これが若い女性だったら嬉しいのだろうが、中年のおじさんに「いい男」だと言われてもなんか微妙だ。

「タクシーの運転手はよくラジオ聴いてるから。うちの会社でも、カッキーのファンは少なくないよ。いやー、なんか感激しちゃうな」

彼は満面の笑顔で握手を求めてきた。

俺はおじさんと熱い握手を交わしながら、空いた左手で頭をかいた。

ドライバー、特にタクシーの運転手はラジオのヘビィリスナーが多い。数あるラジオ番組の中で、俺の番組を選んで聴いてくれているのは有り難いが、あんなバカバカしいふざけた放送だとちょっと気恥ずかしい気分にもなる。

「あ、そうそうスマホね。はいこれ。また飲み過ぎ？　少しは注意しなきゃだめだよ」

酔って失敗してしまうエピソードをラジオで何回も話しているので、リスナーからよく注意されたりもする。

「すいません。今後は気をつけます」

テレビと違い、ラジオのパーソナリティーとリスナーの距離感は非常に近い。街でリスナーに会うと、初対面にもかかわらず親戚のおじさんや近所のおばさんのような気安さで親しげに話しかけてくる。

「ところでさー、あれ、お願いしてもいいかな？」

おじさんが急に恥ずかしそうに訊いてきた。

「あれ？」

「あれだよ。あれ」

まるで女子高生のように、モジモジしながら上目遣いに俺を見る。あれ、とはなんだろうか。ひょっとして、謝礼でも期待されているのだろうか。

「サインだよ。サイン」

六

マルトモタクシーを出た瞬間、俺はスマホの電源を入れて履歴をチェックする。

零時五十九分　浜口
三時五十二分　石田
三時五十五分　高橋

最初の履歴の浜口とは、昨日打ち合わせをする予定だった浜口和人のことだ。飲んでいる最中で気づかなかったが、浜口は電話をかけてきていた。

その後の石田と高橋というのは会社の後輩だった。電話を掛けた記憶はないが、三軒目に移動する時に呼び出そうとしたのかもしれない。

三時五十九分　麻希

麻希の着信履歴に気付いた時、俺の胸がズキンと痛んだ。

午前四時に電話など、普通の感覚ならばあり得ないだろうが、深夜零時まで生放送でその後も何かと忙しい俺にとって、午前三時は仕事終わりにやっと一息つける時間だった。二人の関係が気まずくなる前までは、その時間が貴重な電話タイムだった。

１４１７をタップして留守電を聴く。

『新しいメッセージはお預かりしておりません。ご利用、ありがとうございました』

俺が麻希に電話をしなくなってから三週間近くが経つが、麻希も徐々に電話を寄こしてはこなくなったので、彼女の電話が着信することも実に久しぶりだった。

すぐに折り返そうかとも思ったが、電話があってから半日も過ぎていることに気が付いた。麻希に電話をするのはとりあえず後回しにして、まずはスマホのスケジュール管理アプリを開いた。今日四時からの打ち合わせは、一体誰との打ち合わせだったのだろうか。

そのアプリを開いて、俺は遠い親戚のことをやっと思い出した。今日の四時からは、アナウンサー志望の彼の就職相談をすることになっていた。

時刻は午後四時を三十分も過ぎていた。俺はスマホの履歴から彼の電話番号を捜してリダイヤルする。

『もしもし、内田ですが』

遠い親戚の苗字が内田だったことを思い出した。

「垣島です。あの、申しわけないんだけど……」

『垣島さん、先ほどは本当にありがとうございました』

「え？」

『僕の方こそ、早く行きすぎてしまって、でも親切に色々教えていただいて本当にありがとうございました。僕、垣島さんと話せて、ますますラジオが好きになりました。絶対、合格してみせますから、その時はよろしくお願いします。あ、今、電車の中なので、これで失礼します』

力強く言い切って、内田は電話を切った。どういうことだろうか。他の誰かが、俺の代わりに相手をしてくれたのだろうか。

七

「この手紙に目を通して」

有楽町の会社に戻ると、いきなり編成部長の柴田に呼びだされた。デスクの前の応接セットに座らされると、柴田は白い封筒を手渡した。

あて先は、「株式会社　帝都ラジオ　代表取締役社長殿」と書かれていた。

貴社に所属する垣島武史アナウンサーを、速やかに番組から降板させ、かつ懲戒解雇して下さい。

私は彼と肉体関係を含む半年間の交際の末、結婚の約束をしました。彼は出会った当初はとても誠実だったのですが、結婚式の日取りなど具体的な話になると、途端に話をはぐらかすようになりました。理由を訊ねるとギャンブルで負けて結婚資金が足りなくなったとのことでした。

しょうがないので、私は都合四回、合計百万円のお金を貸しました。彼はそれでも結婚の約束を果たそうとしないので、私はそのお金を返して欲しいとお願いしました。それ以来彼はお金を返さないばかりか、私からの電話の着信を拒否するようになったのです。

公共の電波で、このような人物の番組を流してよいものでしょうか。声を聴くのも不愉快です。なんら対処が見られないようならば、私はＢＰＯなどに訴えるつもりです。速やかな対応をお願いします。

白河洋子

「すいません。差出人も、書かれている内容も、全く身に覚えがないんですけど」

俺は手紙を封筒に入れて柴田に返す。

「それはわかっている。昨日、この手紙が社長のところに届いたので、一応、見せておこうと思ってね」

「社内的に問題になっているんですか」

「問題になる前に解決したよ。俺からこの差出人に電話をしたんだ」

「すいません」

「別に謝るようなことじゃない。最初は興奮していたけど、うちのホームページのお前のサングラスをしていない写真を見てもらったら、すぐに解決したよ。私が交際していた垣島武史は、こんなにブサイクではありませんでしたってさ」

柴田の眼が笑っていた。

「なんすか、そりゃ」

誤解が解けてひと安心だが、もらい事故にあったような気分だった。

「まあ、一種の有名税みたいなものだな。お前も偽者が出るほど、有名になったってわけだ」

「でもなんで俺になんか成りすましたんですかね」

「声がそっくりだったらしいよ」

俺の声はそんなに特徴的なのだろうか。昼間のマルトモタクシーの中年男性も、顔じゃなくて声で俺に気付いた。

「顔の露出が少ないラジオ局のアナウンサーならではの事件ですね。俺の顔がもっと売れれば、こんなことも起きないんでしょうね」

「そうだな。もっと有名になって独立して、テレビの人気キャスターとかになっちゃえよ」

「そんな事になったら、柴田さん、編成部長のあなたが一番困りますよ」

「そうなったら、お前のマネージャーにでもしてもらうよ」

八

「もしもし、名前と年齢を」

『ユキ。十七歳です』

十一時過ぎのリスナーの悩み相談のコーナーがはじまった。

「どんな相談かな？」

『うちにぃー、突然、親戚の女の子がやってきたんですよ』

語尾にアクセントがあるギャル風のしゃべり方だった。

『その彼女がー、ユキと本当にそっくりなんですよ』

「どんな風にそっくりなの？」

『顔もそうなんだけどぉ、髪形もメイクもユキと全部同じなんですよ』

「へー、凄いね」

『その子に会うまで自分そっくりの親戚がいたことなんて、全然知らなかったんですよ』

「へーそうなんだ。ユキちゃんのご両親はどうしてるの？」

『それがぁー、お父さんが一週間前にいなくなっちゃったんですよ』

「いなくなった？　どういうこと」

『危ない連中に狙われているからしばらく姿を隠す。だけど必ず迎えに来るからって言って、いなくなっちゃったんです』

　ヤクザか何かに追われたのか。それとも借金で首が回らなくなって夜逃げをしたのか。いずれにせよここはあまり深く立ち入らない方がよさそうだ。

「ユキちゃんのお母さんはどうしているの？」

『お母さんは、ユキが小さい時に死んじゃったんですよ』

　まるでフリートークのように話してはいるが、ドラゴンが事前に彼女を電話で取材して、どんなことをしゃべるか打ち合わせていた。放送に乗せてはいけない話題や、話のネタが面白いかどうかをチェックするためで、その内容を「電話カード」という一枚の紙にまとめてくれる。何といっても相手は素人だし、生放送だから話がスムーズに行くとは限らない。

「そうなんだ。お父さんもお母さんもいないのなら、親戚の子が遊びに来てくれて、賑やかになっていいんじゃないの？」

俺はその「電話カード」を見ながら、ユキの話を引き出している。

『まあ、姉妹もいなかったんで楽しいことは楽しいんだけどぉ、その親戚の子は、本当にユキの双子みたいなんですよ』

「双子っていうけど、そんなに似てるの？」

『もう、そっくりなんですよ』

ドラゴンが〈その娘の両親は？〉と書かれた紙を俺の前に差し込んだ。

「ふーん、そうなんだ。それで、その娘のお母さんは何をしてるの？」

『その子もお母さんはいないんですよぉー。で、お父さんは、うちのお父さんだっていうんですよ』

「え、っていうことは、腹違いの姉妹ってこと。でもそれだけ似ているのならば、ユキちゃんは本当に双子で、その子が親戚の家かどこかで育てられていたのかもしれないね」

そんな漫画のようなことも思い付いた。

『そうなんですかねー。だけど今、お父さんがいないから、もう確認のしようがないんですよ』

俺はドラゴンの顔を見るが、彼も首を傾(かし)げている。

「それで今日は何の相談かな？」

『まあ、その子の存在自体も悩みっていえば悩みなんだけどぉ、ユキの服とか化粧品とかを、勝手に使うんですよ』

「それはちょっと困っちゃうね」

『洋服ならまだいいんだけどぉー、ユキのカレシに手を出しそうなんですよ。今日、二人がイチャイチャしているところを、見掛けちゃったんです。でもカレシとしては、ユキもその子も同じ顔に見えるからしょうがないって言うんですよ』「まあ双子みたいにそっくりならば、当然そうなるよね」

『そこで相談なんですけどぉ、双子の女の子に同時に告白されたら、男の人はどうやってどちらを選ぶんですか。それをカッキーに訊きたかったんですよ』

俺は必死に頭を働かせるが、何と答えるべきか戸惑ってしまった。

「……いやー、俺にもわからないな。双子の女の子を好きになったことがないからね。どうなんだろう、顔も性格も一緒だったら、やっぱり選べないんじゃないのかな。そもそもどっちと付き合っているかもわからないだろうし。でも面白い話なんで、今からリスナーのみんなに訊いてみようか。実際に双子から告白された人がいたら尚更いいんだけど」

『あ、いいかも。それ、お願いしまーす』

「それでは、今からメールを募集します。もしも顔がそっくりな双子の子から同時に告白されたら、どういう基準でどちらを選ぶか。本当にそういう経験をした人がいたら、是非具体的な所を教えて下さい。それから双子の人で、似たような経験があったら教えて下さい。メールのあて先は……」

回答が思い付かない質問には、よくこの方法を使っていた。リスナーの悩みをリスナー全体で考える。番組の主導権を敢えてリスナーに渡してしまうギャンブル的なやり方で、全然反響が来ないかもしれないし、予想もしなかった展開になることもある。生放送は生き物なので、上手くいったときはラジオならではの快感があった。

彼女はなかなかいいキャラで、エピソードも面白い。後でもう一回電話を繋ぐかもしれない。そう思った俺は、彼女の電話番号が書かれた「電話カード」を折りたたみ、ジャケットのポケットに突っ込んだ。

九

「垣島さん、一体どうなっているんですか！」

ＣＭの間に、真っ赤な顔をした東大君に怒鳴られた。

「え？　俺、何かした？」

「さっき、伊沢監督から電話があって、今夜のお店の予約が入っていないって怒っています」

伊沢尚之は、ヒット作品を連発する人気の映画監督だった。

自衛隊からヤクザまで、とにかく派手な銃撃シーンがある映画を撮るのが上手く、しかも話がとても面白いのでテレビのコメンテーターとして人気があった。そこでこの番組のコメンテーターも、お願いしようということになったが、ラジオのギャラは安いので、酒の力を借りてOKさせてしまおうというのが、今夜の作戦だった。

「お店の場所がわからなかったんで、監督が『雪月花』に電話を入れたら、そんな予約は入ってないって言われたそうです」

『雪月花』は俺の行きつけの和食レストランだった。早朝まで営業していて、俺たちみたいな超夜型の人間には有り難い店だった。

「いや、三日前に予約を入れたよ。ちょっと電話してみる。本番まであと何分？」

「三分です。急いで下さい」

東大君が不機嫌そうにそう答える。俺はスマホの発信履歴を開き、三日前の『雪月花』と表示された履歴をタップする。

一回、二回と、呼び出し音が続く。スマホに履歴が残っているということは、確かに三日前に『雪月花』に電話をしたという動かぬ証拠だ。酔っ払っていたわけでもないので記憶も確かだ。

四回目の呼び出し音で、店員らしき若い女性が出た。

「帝都ラジオの垣島ですが、今日、深夜零時から三名で予約を入れたはずなんですが」

『少々、お待ち下さい……』

予約の確認をしているのだろうか、ガサゴソと紙を捲る音が聞こえる。

『はい、あ、垣島さんですね。確かに予約が入っていましたが、時間が変更になったのかと思い、キャンセルしてしまいました』

「えっ？　俺、キャンセルの電話なんかしていませんが」

『ええ、お電話はもらってないのですが、じゃあこの後もそのまま会合を続けるわけですね』

「この後も？　いやいやこの後零時過ぎに、そちらに行く予定ですが」

『そ、そうなんですか……』

外国人なのだろうか。どうも話が噛み合わない。

「ちょっと、女将さん出してもらえますか？」

女将を呼びに行く間に保留音の音楽が聞こえた。生放送まであと一分になってしまったので、スマホを繋いだままスタジオに入る。

『どうもすんません。女将どす』

京都訛り（なま）の女将が電話に出た。大きなお店だが細やかな配慮を怠らないのは、彼女の教育の賜物だと思っていた。

「帝都ラジオの垣島ですけど、今日のこの後の予約は大丈夫ですよね？」

どう考えても店の不手際なので、語気を強く言った。

『ほんまに堪忍（かんにん）え。予約の方はかまわしません』

その一言に、まずは胸をなでおろす。

『ところで、垣島はん。今、どちらから電話してはりますの？』

女将が妙なことを訊いてきた。

「スタジオですよ。生放送中のスタジオ」

『そう、そうやんなあ。夜の番組のご担当してはりましたなあ』

あと本番まで三十秒。

「予約は大丈夫」

早く電話を切れと言わんばかりの東大君に、トークバックでそれだけは伝える。

『あのー、垣島はん。双子の兄弟とかいはらへんのですか？』

「えっ。いませんよ」

双子？　一瞬、さっきのユキの電話を思い出す。

『そうどすかー』

彼女は何を言いたいのか。しかしいよいよ生放送まで残り一〇秒となり、俺はスマホを耳に当てたままマイクの前に座る。

『歳の近いご兄弟とか、いはらへんのですか?』

「いえ、俺は一人っ子ですけど」

『けったいやなー。今、お店にいてはるんですよ。垣島はん、そっくりの方が……』

何だって。俺によく似た人物が、今、『雪月花』にいる。

まあ、世界に三人は自分にそっくりの人がいるっていうぐらいだから、絶対ない話ではないが。それとも、社長宛に届いた手紙の男だろうか。俺になりすまして結婚詐欺を働いたあの男が、今、『雪月花』にいるのだろうか。

そう思った瞬間に、東大君のキューが出た。

一〇

午前零時の時報が鳴った。

俺はスタジオを出ると、閉まりかけたエレベーターに飛び乗って一階まで移動する。玄関を出ると、停まっていたタクシーに右手を挙げながら駆け寄って乗り込んだ。

「運転手さん、とにかく車を出してください。そしてその先を左に曲がってください」

『雪月花』まではここから歩いて八分。そんな近距離にタクシーを使われちゃ迷惑だろうと思ったが、俺は走ってきたタクシーに右手を挙げた。日比谷通りを左折したらすぐに交差点で信号につかまった。なかなか変わらない信号に、走った方が早かったかと後悔する。信号が青に変わる。タクシーが一気にスピードを上げて約一分。帝国ホテルの手前で止めてもらい、「おつりはいらないから」と千円を渡した。地下へ続く階段を降りたところに『雪月花』がある。

入口で名前を告げると、予約した個室へと通される。歩きながらフロア全体を見渡すが、テーブル席は半個室になっていて、どこに俺の偽者がいるのかわからない。伊沢監督はまだ来ていないらしく、通された個室に人はいなかった。

「女将さんを呼んでくれますか」

店員が女将を呼びに行くと、ポケットの中のスマホが鳴った。

『どうしたんですか。何も言わずに急に飛び出しちゃって』

東大君の怒気を含んだ声がした。

「あ、ごめん」

俺の偽者を『雪月花』で捕まえてやる。その思いが強すぎて、東大君に何も言わずに局を出てしまった。

「いや、伊沢監督を待たせちゃ悪いと思って、急いで『雪月花』に駆けつけたんだよ」

咄嗟の思いつきでそう答える。

『一言ぐらい言って下さいよ。番宣スポットを録らなきゃいけなかったんですよ。明日の午後イチが締め切りなんですよ』

番組の宣伝用のラジオCMを、いつも生放送後に録音していた。

「悪い。悪い。明日、早めに出社するから」

『ったく、もう。じゃあ、僕もすぐにそっちに向かいますから、監督によく謝っといて下さいよ』

東大君からの電話を切った時、白い和服姿の女将が部屋にやって来た。俺の顔を見ると、女将は大きく目を瞬かせる。

「ほんまに垣島はん……、やんなあ？」

「もちろんです」

「かなんなー、そっくりやわー」

何か珍しい生き物でも見たかのように女将は言った。

「こちらの垣島はんがほんまもんやったら、あちら様はどちらはんなんやろなあ。垣島はん、うちらを担ごうとしてはりませんか」

女将の言っている意味が、さっぱりわからなかった。

「それで、その俺そっくりの偽者は、今、どこにいますか」

真剣な表情で俺は訊いた。

「どうでっしゃろ。トイレに行かはったようやわ」

俺はすぐに個室を出てトイレに向かう。

零時を過ぎたというのに、店内のかなりのテーブルが埋まっていた。

その時、トイレから一人の男が出てきた。照明が薄暗く背格好が自分に似ていたので、こいつが俺の偽者なのかと身構えたが、近くで見ると顔の輪郭がまるで違っていた。

トイレに入ると二人の男が用をたしていた。一人は年配の恰幅のいいオヤジ。もう一人は、細身の若手サラリーマンだった。その先に大の個室が二つありひとつは扉が開いていたので、俺はもうひとつの扉の前に立つと短く二回ノックする。ちょっと間があって、ノックの音が返ってきた。

この中に俺の偽者がいるのだろうか。

俺は扉を開くのをじっと待つことにした。とにかくここで見張っていれば、中の人物を取り逃がすことはない。一分、二分……、しかしなかなか扉は開かない。最初にトイレにいた二人が出ていき、後からポロシャツにチノパン姿の男が入ってきた。

それでも個室のドアは開かない。やがてその男も用を済まして手を洗いだした。空いている大の個室には入らないくせに、閉まったままの扉の前で待っている。そんな俺の不自然な行動に気付いたのか、怪訝(けげん)な表情を浮かべている。そしてその男がトイレを出て行った時には、既に五分も時間が経っていた。

俺はもう一度扉をノックする。

さっきは返事があったのに今度は何の音もしなかった。もう一度ノックをしようとこぶしに力を入れた時、個室の中から水が流れる音が聞こえてきた。そしてその後に、鍵が外れる音がしてゆっくり扉が開く。

俺と同じぐらいの年齢のその男は、黒い革ジャンを着ていた。

「なんだ、垣島。お前もうんこか」

伊沢監督は、俺に気付くなりそう言った。

一一

あと一歩のところで、俺の偽者を取り逃がしてしまったようだ。

トイレで伊沢監督を待っている間に、偽者の俺は店を出て行ったそうだ。本物の俺が現れたので、焦って店を出て行ったのだろう。

伊沢監督はなかなかの酒豪だった。ビールからすぐに焼酎に切り替えたが、俺も負けずに飲んだため、あっという間に酔っぱらってしまった。酒が飲めない東大君が、どさくさに紛れてギャラの件を説明すると、「そもそもラジオ局から、ギャラをもらえるなんては思っていなかったよ」と笑った。

その後は映画やラジオそして自衛隊と、話は尽きずあっと言う間に楽しい時間が過ぎていった。

一軒目だけでは収まらず、監督の馴染みのバーで飲み直そうと新宿に移動した。監督に連れられて来た新宿のバーは、とにかく映画だらけのバーだった。

『俺たちに明日はない』『真昼の決闘』『荒野の七人』、壁には古い映画のポスターが飾られていた。カウンターの奥のテレビには、白黒の西部劇が映っていた。店内のＢＧＭも懐かしの映画音楽で、『スティング』のテーマソングが流れていた。肩を組んで微笑むポール・ニューマンとロバート・レッドフォードのポスターが、壁に貼られていた。

俺はいつものラフロイグを、監督はマッカランを飲んだ。東大君はビールグラスを前に、既に深い眠りについている。

「監督は映画を撮るとき、何に一番こだわっているんですか」

「俺の場合は銃と女だな。俺はまず脚本を読んだ時に、どんな銃を使うかを考えるんだ」

「へえ、銃ですか」

いかにも伊沢監督らしいと思った。

「例えばオートマチックピストル、自動拳銃を使うとしても、ベレッタなのか、コルトなのか、三十八口径なのか四十五口径なのか。シングルアクションとダブルアクションじゃ、銃を撃つ演技があきらかに違ってくる。銃ひとつひとつにも個性があって、色気や存在感が全然違うんだ。そこが女優とそっくりなんだ」

　銃を操るふりをしながら、伊沢監督はそう言った。

「銃ってそんなに大切なんですか」

「少なくとも俺の場合はな。例えば主人公の女が銃を撃つシーン。彼女にどんな銃を持たせるかで、全く映画が変わっちゃうからな」

　俺はグラスを傾けながら、監督の言葉に聞き入った。

「ルガーLCPっていう小さい銃があるんだけど、これなんかだと小さめのハンドバッグにも入るから、セクシーな女優がベッドの上で使うとカッコいい。かたや自衛隊のSIG P220、米軍のベレッタ92FSなんていうのは、デザインよりも機能性重視の武骨な銃だから、背の高い肉体派の女優が持つといい絵になる。派手にぶっ放すならば、ニキータが持っていたデザートイーグル。あのハンドキャノンをドカッドカッってぶっ放せる女優は日本に二、三人しかいないが、もう最高の映画になるぜ」

　監督の目が少年のように輝いた。

「監督って、ひょっとして銃オタクですか」

「オタクっていうか職業だからね。家には百丁以上モデルガンがあるよ」

「ひょっとして、本物の銃も持っているんじゃないですか」

「そこに関しては、ノーコメントだな」

意味ありげに口角を上げる監督の顔を見たら、本当に持っているのではと思ってしまう。

「俺は映画を撮るのが好きで銃が好きになったというよりは、銃が好き過ぎて映画を撮るようになったんだ。銃って本当に面白いよ。引鉄引くだけで、人を殺せちゃうから、ストーリーが一変するからね。こんな圧倒的な小道具、どう考えても他にはないから」

監督はマッカランを飲み干すと、氷だけになったグラスをテーブルに置いた。

「そうですね」

「でもよく映画やドラマでさ、撃たれた奴が後ろに吹っ飛んだり、血飛沫（ちしぶき）が上がったりするシーンがあるだろ」

俺は黙って頷いた。

「本当に人を撃つとな、あんなことは絶対になくて、ヘナヘナと前に倒れるんだよ」

「へー、そうなんですか」

「バタッと倒れて即死することもあるけれども、とにかく血はあんなには出ないんだ」

監督の眼差しが怪しく光る。

「まさか監督、実際に人を撃ったことがあるとか？」

監督は目を伏せながら不気味な薄笑いを浮かべた。

「あるわけねえだろ。リアルに映画を作ったらどうなるかと思って、研究しただけだよ。でもそれじゃあ絵にならないから止めたんだよ。血が派手にドバッと出て、苦痛の表情で前のめりに倒れていく。そうしなかったら、見てる方も面白くねえからな」

「おっしゃる通りで」

監督はマッカランをロックでもう一杯頼み、俺はチェーサーをお願いした。自分でも相当飲めると思っていたが、伊沢監督は「底なし」だった。

「さっき銃と女って言っていましたけど、監督はどんな女が好きなんですか」

「俺か？　俺は、わがままな女が好きだ」

「わがままな女？」

「そう。真夜中に急にどこそこのアイスが食べたいとか、今すぐに買って来てとか言い出すような女。そんな面倒くさい女が大好きだ」

「監督って意外とMなんですか」

「Mじゃないさ。わがままな女っていうのはな、実は可愛い女なんだよ」

「そうなんですか」

監督は本当に独特な考え方をする。だからこそラジオでコメンテーターをやってもらおうと思ったのだが。

「面倒くさい女っていうのは、自分に自信がないことが多いんだ」

「逆なんじゃないんですか。自分に自信があるから、わがままを言うんじゃないんですか」

「まあ、ルックスとかの自信はあるかもしれない。でも下手にルックスがいいだけに、本当に自分は愛されているのか、相手は自分のどこが好きなのか。そんなことを気にしてしまう。だからそれを確認したくて、面倒なことを言い出して男を試しているのさ」

監督はズボンのポケットから、くしゃくしゃになったマルボロを取り出した。

「そんな性格だからさ、わがままを聞いてくれる奴がいると、どんどん要求がエスカレートしてくるんだ。だけどいつかわがままが過ぎて相手にされなくなると、途端に寂しくなって素直で可愛い女に変身するんだよ」

「そうなんですか」

「ああ、間違いない。なぜならたいがいの女優は、わがままで可愛いからな」

この監督は女優からの信頼が厚いことでも有名だった。特に個性的でトラブルの尽きないお騒がせ女優を好演させて、業界を驚かせる作品を撮っていた。

「そういう垣島は、どんな女が好きなの？」

「そうですね。敢えて言うなら、不器用な女ですかね」

「不器用な女？」

監督はマルボロに火をつけて、紫煙を吐き出しながらそう訊ねた。

「そう。不器用な女」

麻希のことを思い出していた。

「誰からもちやほやされるようなアイドルタイプの女の子は、昔から好きになりませんでしたね。まあ向こうからも、相手にはしてもらえませんでしたけど」

「ふーん」

「それよりも、真面目過ぎたり突っ張り過ぎたり、頑張り過ぎて空回りする女の子が好きですね。俺だけの宝物を見つけたような気がして、放っておけないんですよ」

帰国子女の麻希は、日本人的な独特の考え方や習慣に馴染めなくて、苦しんできた。英語ならば快活で明るく振る舞える麻希だったが、日本語を使う時は打って変わって無口になった。特に女同士のコミュニケーションが苦手だった。用もないのに休み時間に連れ立ってトイレに行く、そんな女子の同調心理が全く理解できないと言っていた。

「ツンデレってこと？」

「ちょっと近いけど、もっと不器用っていうか。まあ、いろんな意味でピュアなところに魅かれるんでしょうね」

奇抜な行動や大胆な発言の割には、麻希は見た目もクールで言いわけをしなかった。それがさらに誤解を呼び、陰口も言われたようだが、本人は気にしていないように見えた。しかし本当はとても傷つきやすいことを、俺は知っていた。

店のボーズのスピーカーから、『ムーン・リバー』の心地よいメロディが店内に流れていた。

「そういえば、垣島って独身だよね。それともバツイチ？」

「ずっと独身ですよ」

グラスに残ったラフロイグを飲み干した。

「でも付き合っていた女と、結婚寸前まで行ったんですよ。両家ともに顔合わせまでして、そのまま結婚するはずだったんです」

「へえ、何でダメだったの？」

「うちの母親との相性が合わなかったんですよ」

「そりゃまたどうして？」

「それこそ、不器用だったんでしょうね」

「彼女が？」

「そうですね……。でも、俺のお袋も不器用だったし、俺自身も不器用だったかも知れないですね」

俺はラフロイグのお代わりを頼む。

「その娘は何の職業をやっているの」

「キュレーターってわかります？」

監督は何も言わずに小首を傾げる。

「国家資格的には学芸員ってことになるんですが、絵画の展覧会の企画や美術館の代理で作品の買い付けなんかをやったりしてますね」

「へー、凄いね。ところでその娘は痩せてるの、それとも太ってる？」

「スレンダーな美人でしたね。怒ったときに口が尖るのが可愛かったな」

「じゃあ、ワルサーＰ３８かな」

「ワルサー？」

「いや、その娘に似合いそうな銃だよ」

「ええ？」

「ルパン三世が持っていただろ。あの細身だけど破壊力抜群なピストル。そんな銃がその子には似合いそうだな」

ルパン三世は大好きだったから、ワルサーＰ３８ぐらいは知っている。しかしこの人は、全ての女を銃と紐付けて考えるのだろうか。

「絵画のキュレーターに銃はいりませんよ」

「いやいや、美術館っていうのは意外と映画になりやすいんだよ。『ダ・ヴィンチ・コード』は見た？」

俺は左右に首を振った。

「そういう監督こそ、結婚は？」

出演した女優と噂になったことがあったが、果たして結婚はしていただろうか。

「俺？　俺は、二回目さ」

短くなったマルボロを灰皿に擦り付けると、彼は新しい一本を口にくわえた。

「結婚がですか？」

監督の指をチェックした。ごつくて短いくすり指に指輪はなかった。もっとも、結婚していても指輪をするようなタイプには見えない。

「いや、離婚がさ」

火を点けながらニヤリと笑った。

一二

東京タワーを左にやり過ごすと、俺を乗せたタクシーは首都高目黒線に入っていった。伊沢監督との会合は、とても楽しいひと時だった。「何か困ったことがあったらなんでも相談しろよな」という嬉しい言葉もいただいた。

一人でタクシーに乗っていると、『雪月花』で捕まえ損ねた俺の偽者のことが気になってきた。女将が本物だと信じてしまうのだから、相当俺に似ているのだろう。しかも俺の行きつけの店にまで出没するということは、相当大胆な男だ。

ひょっとしてアルファ・スパイダー、俺の愛車がなくなってしまったのも、俺の偽者と関係があるのか。キーがなくても電気系統をいじれば、車のエンジンはかかってしまう。俺はまだ警察に車の盗難届を出していない。麻希が勝手に乗って行ってしまったと思っていたからだ。

〈勝手に車使っちゃってごめんなさい〉

そんな麻希からのメッセージが、スマホに入るものだと思っていた。

タクシーは高速を下りると、目黒通りを下る。空が白んできて、徐々に車の往来も増えてきた。

「ここで止めて下さい」

運転手にそう告げると、タクシーはハザードを点けながらゆっくりと停車した。

俺はカードで支払いを済ませ、タクシーを降りる。

マンションの前庭には機械式の駐車施設があった。ボタンで一階と二階が切り替わるものだが、俺が借りている駐車場はこれとは別でマンションの建物内の地下一階にある。月極めの駐車料金は高いのだが、オープンカーなので屋根は必須だった。俺は足早にマンションのエントランスに向かう。そこを左に行くと管理人室、右に行くと駐車場だ。エントランスの自動扉が開き、足早に中に入り右手を見る。

白いプリウス、赤いフェアレディ、青のＢＭＷ、そして……。

そこには、俺の赤いオープンカーの形のいいヒップラインが見えた。

幌を開けたままで、そこにちょこんと駐まっていた。俺は注意深く車を調べる。目新しいキズや凹みは見つからなかった。これといった汚れもなく、社内が荒らされた様子もない。昨日、ここにいなかったことが錯覚だったような気がしてくる。

ドアを開けて運転席に座ってみる。鍵の周辺やハンドルの下を入念にチェックしたが、壊された形跡もなかった。エンジンはかかるだろうか？　ポケットからキーを取り出して鍵穴に差した。クラッチを踏み込み鍵を捻る。

バルウウルル……。

イタリアのスポーツカーらしいセクシーなエンジン音が鳴り響いた。

「ただいま」

アルファ・スパイダーがそう言ったような気がする。

燃料計をチェックすると、ガソリンがかなり減っているように思えた。誰かがこの車を運転したのは間違いない。しかしここに返されているということは、自動車泥棒の仕業ではないということだ。

麻希が帰って来たのだろう。

昨日のスマホの着信履歴のことを思い出した。

マンションの入口で、オートロックの自動扉を自宅のキーで解錠する。エレベーターの「上」ボタンを押し、エレベーターが下りてくるわずかな時間に、新聞を郵便受けから取り出した。届いたばかりの新聞の朝刊の見出しを見ると、東アジアの独裁国家が昨日発射したミサイルの続報と、その国の最高指導者の健康不安説を伝えていた。

その時、管理人室にいた小太りの男と目が合ったが、エレベーターの扉が開いたので、俺は箱の中に入り七階と「閉」のボタンを押した。

エレベーターは微かな機械音とともに上昇し七階で止まった。七階の一番奥の突き当たりが俺の部屋だった。

麻希が部屋にいるのではないか。思わず俺の心が躍る。

麻希と最後に会ってから、もう一カ月ぐらい過ぎてしまった。結婚話がこじれてからは、ここ半年ぐらいは会うと喧嘩を繰り返した。そのうち三日に一回、五日に一回と電話をする間隔も空いてしまい、ずるずると今日まで来てしまった。でも決して嫌いになったわけではない。今でも麻希を愛している。

ドアの鍵穴に鍵を差し込んで右に捻ると、鍵が外れる音がした。ドアノブを下に回しながらゆっくり扉を開く。昇りはじめた太陽の光が、部屋の中に差し込んでいだ。

そこに麻希の姿はなかった。

たまった洗濯物、コンビニ弁当の残骸、埃だらけの家具。扉の向こうには、婚約者に逃げられた哀れな独身男の生活があるだけだった。希望が去ると同時に疲労が襲ってきた。アルコールの高揚感が切れ、猛烈な疲労感と睡魔が訪れる。顔も洗わず着替えもせず、俺はベッドに倒れこんだ。

一三

近所の小学校のチャイムの音で目が覚めた。

時計を見ると午後一時を指していた。普通のサラリーマンならば大遅刻だが、夜の番組を担当する俺にとってはいつも通りの起床時間だった。大きく伸びをして起き上がる。二日酔い気味ではあったが気分は悪くない。

また着の身着のままで寝てしまった。熱いシャワーを浴びて顔を洗うと、無精ひげが手に当たる。髪もそろそろ切らなければと思っていると、今朝の記憶が蘇る。

赤いオープンカーは戻っていたが、麻希は部屋にいなかった。

車だけ返してこの部屋には立ち寄らなかったのだろうか。

シャワールームを出ると、山のような洗濯物が目に入る。もしも麻希がこの部屋に来たとすれば、この洗濯物を放置することはないだろう。男の一人暮らしで一番困るのが洗濯だった。洗濯機を回すだけならばまだいいが、それを干して取り込んでアイロンまでかけるのは不可能だ。しかしその一連の作業を、麻希は自発的にやってくれた。小さいときから家事をさせられていた麻希にとっては、それは愛情以前の習慣みたいなものだそうだ。

山のような洗濯物の中に、ひどく汚れたシャツがあった。よく見ると、血のような赤いものがこびりついている。ポケットの部分が裂けていた。一昨日、記憶もなくすほど酔っ払ったときに、喧嘩でもしたのだろうか。さすがにもう着られそうになかったので、その汚れたシャツをゴミ箱に投げ込む。

喉の乾きが気になった。

キッチンに向かい冷蔵庫の下段の引き出しを引く。冷蔵庫の中身はほとんどが缶ビールだが、ミネラルウォーターのペットボトルがあったはずだ。二リットルの大きな奴で、昨日の朝に飲んだスポーツドリンクの隣に入れたはずだが、ぽっかりとそのスペースが空いていた。軽い違和感を覚えて部屋を見渡すと、流しの上にそのペットボトルが置かれていた。コップにミネラルウォーターを注いで一気に飲み干し、そのペットボトルを冷蔵庫に戻す。

ふと固定電話に目をやると、留守電メッセージが点滅している。

再生ボタンを押したが、メッセージは無言ですぐに切れた。この固定電話にかけてくる人物を、俺は一人しか思い浮かばなかった。

俺は固定電話の受話器を外して、母親が住んでいる小田原の実家の番号をプッシュする。

数日前から母親からここに電話がかかってきていた。その後、俺から連絡もしたが、その都度入れ違ってしまいお互いに連絡が取れていなかった。今度も母親は留守のようで、留守電のメッセージを吹き込むようにという女性のアナウンスが聞こえる。

「武史です。電話をもらっていたので……、また電話します」

スマホに電話をくれればよいのだが、番号を覚えていないのか、母はこの固定電話にばかりかけてきていた。ちなみに母親は大の機械音痴で、携帯電話を持ってはいるが、今ひとつ使い方がわかっていない。

テレビの電源を入れると、ワイドショーの男性司会者の顔がアップで映し出される。テレビ欄を見ようと、リビングのテーブルの上にあった新聞を捲るが、それは昨日の夕刊だった。朝刊はどこにやっただろうか。朝方帰ってきたときに郵便受けから抜いたはずだ。玄関の靴棚に置きっ放しにされた朝刊を発見し、それを片手にリビングに戻る。

そして俺は、手にした朝刊とテーブルの上にあった夕刊を見較べる。

どうして、昨日の夕刊がリビングにあるのだろうか。

昨日、マルトモタクシーに行くために、この部屋を出たのは午後二時ぐらいだった。まだその時間には、当然夕刊は届いていない。今朝帰ってきた時に、朝刊と一緒に夕刊を持ってきたのだとしたら、同じように玄関の靴棚の上に置きっぱなしになっていなければならないが、夕刊だけリビングの机の上にあるのは不自然だった。酔っぱらっていたから寝ぼけたのだろうか。

それとも誰かがこの部屋に、入ったのか。

俺は部屋の中を見回した。飲みかけの缶ビールが、キッチンカウンターの上に置かれている。使った記憶のないウイスキーグラスがシンクにあった。

俺は一本のビンテージウイスキーの栓を確かめた。二十五年物のラフロイグ・カスクストレングスの栓が空いていた。何か特別な時のために、空けずに大事に取って置いた俺の宝物のようなウイスキーなのに。

一体、誰が飲んだのか。

麻希がここに来て、俺への嫌がらせで二十五年カスクストレングスを飲んだのか。それはあり得ない話ではないと思った。そのぐらいのことはやる女だった。

俺はもう一度、部屋を見回した。

よく見ると、ソファとクッションの位置も普段と違うような気がした。さらに和室の襖（ふすま）の前にポツンと置かれている一台の掃除機。これも押入れの中に入れておいたはずだ。

さっきのミネラルウォーターも、冷蔵庫の外に出しっ放しになっているのは変だった。

洗濯機の中の汚れたシャツも、あれほどの汚し方ならばさすがに覚えていそうなものだ。

それに赤くこびりついた血のようなものも気になった。

さらに衣装ケースが開きっ放しだった。

革ジャン、黄色いツイードのジャケット、赤いブルゾン、紺のスーツ、それらが乱雑にハンガーに掛かっていた。モスグリーンのパーカーが見当たらなかった。

小学校のチャイムが鳴り、子供たちの歓声が小さくなっていく。窓には薄手のグリーンのカーテンが引かれ、外から部屋の様子が丸見えだった。夜型の生活を送る俺は、滅多にそのカーテンを開けたことがなかった。

よく見るとカーテンに小さな穴が開いている。小指の太さぐらいの小さな穴だ。いつこんな穴が開いたのだろうか。俺は窓際に歩み寄り、その緑のカーテンを強く引いた。

そして窓ガラスにも穴が開いていた。

それは小指の太さぐらいの小さな穴で、そこから放射線上にガラスにヒビが入っていた。それはまるで、向かいのマンションの屋上から、銃弾を撃ち込まれたようだった。

「痛っ！」

ガラスの破片が足に刺さっていた。破片を取り除くと血がついていた。俺は窓からベランダに出て周囲の様子を見渡した。どこからか誰かに見られているような気がした。

一四

「すいません。部屋のガラスが割れちゃったんですけど」

管理人室は三畳ほどの小さな部屋だった。朝方顔を合わせた小太りで黒縁眼鏡の男性が管理人室にいた。俺はテレビを見ているその背中に声を掛けた。

「えーと、どちらさんでしたっけ」

彼は慌ててテレビを消すとそう訊ねた。

「あ、垣島です。七〇五号室の」

「ああ、垣島さんね。垣島武史さん」

俺は管理人室の中に入りながら「部屋のガラスにヒビが入っちゃったんですけど」と続けた。

「ガラスねぇ。珍しいですね。このマンションは硬化硬質ガラスを使っているから、そんな簡単には割れないはずなんですけどねぇ」

「小石というか、銃弾みたいなものが当たったようなんですけど」

管理人は黒縁の眼鏡をずり上げる。

「業者さんは紹介できますが、共有部分じゃないんで、費用は自己負担になりますよ」

「はい、大丈夫です」

それは言ったものの、ガラスの入れ換えにいくらぐらいするのかちょっと心配になる。

「えーと、ガラス屋さん、ガラス屋さん……」

そう言いながら、彼は台帳みたいなノートを捲りながら、業者の連絡先を調べだす。

「管理人さんって、このマンションの全ての部屋の鍵を持っているんですよね」

「そうですよ」

ノートを捲りながら管理人は答える。

「管理人さんが、部屋まで新聞を届けることってありますか」

「新聞？　特別に頼まれれば別ですが、基本的にはありませんね」

「昨日、僕の部屋に、髪の長い女性が来なかったですかね」

麻希が俺の部屋にやってきた所を、この管理人が見ていたりしないだろうか。

「さあ、髪の長い女性は見かけないことはありませんが、その方がどこの部屋に行ったかまではわかりませんから」

まあ、そうだろう。入口にある防犯カメラの映像を全部巻き戻してみれば、はっきりするんだろうが。

「ところで、地下の駐車場に赤いオープンカーがありますよね」

「ええ」

「昨日、あれに女性が乗っていたりしませんでしたか」

「でも昨日は、垣島さんがあの車に乗って帰って来たじゃないですか」

「俺がですか？」

思わず自分を指さしそう訊ねる。

「そうですよ。私が声を掛けたのをお忘れですか」

一五

東横線の都立大駅のホームで電車が来るのを待っていると、スマホにメールが着信した。

〈昨日はどうもありがとう。会うかどうか迷ったけど、直接会って話をしてよかった。プロポーズしてくれてありがとう。本当にありがとう。嬉しかった。でも私の決意は変わらないと思う。あなたはあなたの信じる道を行って下さい。今夜の放送、楽しみにしています。麻希〉


麻希からの久しぶりのメールに、頭が混乱する。

これは誤送信なのか。

俺との関係は既に終わっていて、プロポーズをされるほど親密な男がいるということなのだろう。

渋谷行きの灰色の車両がホームに入ってくる。これに乗って会社に行くはずだったが、何とも釈然としない。俺は電車に一度乗り込んだが、急に考えを変えて電車を降りることにした。すぐに電車の扉が閉まり、隣の車両からアジア系の外国人が慌てて降りるのが見えた。

俺はスマホを取り出した。

麻希に電話をしてみようと思ったからだ。「昨日、お前は誰と会っていたのか」そんな風に訊いてみようと思ったが、このメールがただの誤送信だとすれば、まるでやきもちを焼いているようだなと躊躇する。

しばらくホームに立ったまま考えていたが、俺はスマホをジャケットの内ポケットにしまった。その時何かが右手に触れた。無意識にそれを取り出してみると、四つに折り畳まれた一枚の紙だった。それは、昨日の生放送で紹介したユキの「電話カード」だった。双子の妹が突然現れて、カレシを取り合うという例の電話だ。

どこか似ている。

最近俺の周辺で起きる不可思議な現象と、ユキの相談内容がどことなく似ているような気がした。再びスマホを取り出すと、俺はユキの携帯番号をプッシュする。

『もしもしー』

テンションの低い女の子の声が聞こえてきた。

「帝都ラジオの垣島武史ですが」

『えっ！　カッキー。マジ？』

俺だとわかると、声のテンションが激変した。

「その後、『双子の親戚』がどうなったかと思って、電話してみたんだけど」

『それがぁー、あの後、大変なことが起こったんですよぉ』

相変わらず、語尾にアクセントがあるギャル風のしゃべり方だった。

「どうしたの？」

『それが、消えちゃったんですよ』

「消えた？」

『そうなんですよぉー。昨日電話した後に、その子が消えちゃったんですよー』

「実家に帰ったってこと？」

『いや、だから消えちゃったんですよ』

「どういうこと？」

『目の前から消えちゃったんですよ』

「目の前から？」

ユキが混乱しているせいで、今ひとつ事情が呑み込めない。「いなくなった」のではなく「消えた」とはどういう意味だろうか。

銀色の電車がホームに入ってきた。

『うーん、言葉じゃ説明しにくいなー、ねぇカッキー、今から家に来られない？』

本来ならばリスナーとプライベートで会うことは避けるべきだが、ユキがこの奇妙な事件の鍵を握っているような気がした。

「家、どこだっけ？」

『横浜ですぅ。駅は元町・中華街なの』

横浜ならば東横線を下れば一本だ。夕方まで仕事はなかったはずだ。俺は踵を返すと向かいの下りホームに行くために駅の階段を下りた。

一六

元町・中華街駅から歩いて十分、ミッション系の女子大の近くにユキの家はあった。その一帯はお洒落な洋館があり、ちょっとした観光スポットになっている。

そこは高級住宅街の一角で、ユキの家は要塞のような高い塀に囲われていて中の様子はわからなかった。レンガで造られたその塀は、大の大人が手を伸ばしても届かないほどの高さで、そして門には小さな表札があるだけだった。鉄製の扉は硬く閉ざされ、来るもの全てを拒絶しているように見えた。

「帝都ラジオの垣島です」

俺はインターフォンを押してそう名乗ると、鉄製の扉に掛かっていたロックが外れる音がした。

『カッキー。今、鍵開けたんで入っていいよ』

入口の扉を開けて中に入るとすぐに自動的に扉が閉まり、再び音を立てて施錠される。砂利が敷かれた玄関までの殺風景な空間を行くと、玄関の扉が内側から開き、想像していたよりも可愛らしい少女の笑顔が見えた。

「カッキー、本当に来てくれるとは思わなかったー」

ユキの髪の毛は見事な茶髪で、亜麻色に輝くロングヘアは胸の辺りにまで達していた。瞳の色が青いのはカラーコンタクトのせいだろう。エクステというのだろうか、まつげは驚くほど長く、瞬きをする度に大きく動いた。おそらく日焼けサロンかどこかで焼いたのだろう、まだ三月だというのにその肌は、褐色に光っている。

「俺も色々訊きたいことがあったからね」

短か目のピンクのキャミソールから形のいいおへそが見えた。金色の小さなピアスを、両耳とおへそに着けていた。高校生とは思えないしなやかな足が、ジーンズのホットパンツから伸びている。

「カッキーって、声の感じだともっとイケメンかと思ってたけどぉ、実際に見るとそうでもないんだね」

「悪ったね。イケメンじゃなくて」

マルトモタクシーの中年男性は声よりも男前だと言っていたが、女子高生には今ひとつらしい。

「別にブサイクだって言ってるわけじゃないよぉ」

まあこんな風にすぐに友達のような会話ができるのも、パーソナリティーとリスナーの距離の近さからだった。

「顔がよかったら、テレビのアナウンサーになってるよ」

ちょっと不貞腐れたふりをして、俺は玄関で靴を脱いだ。家の奥を見ると長い廊下が家の奥まで続いていた。

「ところでユキちゃんのお父さんは、いついなくなったんだっけ？」

「一週間ぐらい前かなー」

「まだ帰って来てないの？」

こんな豪邸に住んでいるのだから、借金取りから追われているわけではなさそうだ。

「うん。でも昨日電話があったからー、大丈夫かもしれない」

「お父さんは、電話で何か言ってたの？」

「今までは事情があって家には帰れなかったけど、何とかなりそうだから明日ぐらいには帰るって」

それならば安心だ。いくらセキュリティーがしっかりしている家とはいえ、高校生の女の子が一人だけで住むのは問題だろう。

「お父さんは、仕事は何をやってたの？」

ユキの父親は、どうやってこれほどの資産を手にしたのだろうか。

「仕事はしていないんだけどー、株とか色んなものに投資していて、結構儲かっていたみたい」

「なるほど、道理で凄い家に住んでるわけだ」

「コムチャット男とか言われてー、ネットでは有名なんだって自慢とかもしてた」

「え、ユキちゃんのお父さんって、コムチャット男なの？」

「カッキー、お父さんのことを知ってるの？」

「株とかFXとかをやってる人なら、名前ぐらいは聞いたことがあるんじゃないのかな」

伝説の相場師・コムチャット男を有名にしたのは、一部上場企業コムチャット株の誤発注事件だった。某証券会社の担当がコムチャット株の売りと買いを間違えて大量の誤発注をしてしまった。その担当者が慌てて反対売買をするわずかな間に、まるでそれが起きることを知っていたかのようなタイミングで売り抜けたのがそのコムチャット男、つまりユキの父親だった。その後も、リーマンショック、東日本大地震など、株価が大きく上下する時にまるでそれが起こることがわかっていたように売買を行い、莫大な利益を上げたと言われていた。

「ところで双子みたいな親戚はどこに行ったの？」

「どこに行ったかはわからないなー。だってユキの目の前で消えちゃったんだから」

「消えた？　それはどういう意味」

「うーん、言葉で説明するよりー、実際に見てもらった方が早いからついてきて」

そう言うとユキは廊下の突き当たりの部屋に入り、そこから地下へ続く螺旋（らせん）階段を下りる。地下にもまだ部屋があるようで、ユキの家の広さに呆れるほどだった。

「その子はいつやってきたの？」

俺はユキの後について階段を下りながらそう訊ねる。

「うーん、五日ぐらい前だったかなー。あの日はカレシとデートをしていてー、家に帰るのが遅くなっちゃったの。自分で鍵を開けて中に家に入ったら、誰もいないはずのリビングに明かりがついていたんで、てっきりお父さんが帰ってきたのかと思ったの。だけどリビングには、その子がソファに座って当然のようにテレビを見ていたの。しかもユキの洋服を着ていたから頭にきちゃって、『泥棒！』とか叫んで大騒ぎしたんだけど逆切れされちゃったの。ユキが持っていたのと同じ服を着ていたけど、よく見ると私の服はちゃんとあったし、何しろその子がユキにそっくりだったから、きっと親戚の子かなんかだと思ったの」

「じゃあその子はユキちゃんの外出中に、自分で鍵を開けて家に入ったんだ。彼女は合鍵う。


「どうだろう、持っていたのかな」

ユキは大きく首を捻る。合鍵を持っていたのならば、全くの他人ということはないだろう。


「お父さんに、そのことは訊いてみたの？」

「あ、忘れちゃった。今度会った時に聞いてみるよ」

地下に下りると、頑丈そうな扉が待っていた。

「その女の子は本当にユキちゃんに似てたんだ」

「うん。そっくり」

「その子も茶髪だった？」

「うん。私と同じ色だった。それにエクステとかネイルまでそっくりだった」

「ネイルまで？」

「そう、とにかく全部私と一緒なの。名前だって同じユキだっていうし」

そんなことがあるだろうか。まるで同じ人間が二人いるようだった。

「その時は急にお父さんがいなくなって一人で寂しかったし、家事とか宿題とか、面倒なことは二人で半分ずつやればいいから、こんな子と一緒に住むのも悪くないかなって思ってたの。急に姉妹ができたみたいだったし」

ユキは小さい時に母親を亡くしたので、この大きな家で父親と二人だけで暮らしてきたそうだ。

「そうかもね」

「だけどさー、いつの間にかこの家にカレシ連れ込んで、いちゃいちゃしてるんだよ。私、昨日買い物から帰ってきたら、カレシとその子が楽しそうに話していたんでびっくりしちゃって。でも顔だけ見ればそっくりだし、カレシも私とだと思って話していたから責めるに責められないし、でもこのままじゃカレシを取られちゃうと思って、それでカッキーの番組に電話をしたの」

長いまつげを大きく上下させながらユキは言う。

「そうなんだ。それでその双子みたいな女の子はいついなくなったの？」

ユキは地下室の鉄製の扉を開けようとしたが、重すぎてなかなか動かない。俺が手伝ってあげて重いその扉が開くと、部屋の中のたくさんのコンピューターが日に入った。

「昨日の夜、この部屋で消えちゃったの」

部屋の中には、たくさんのモニターやコンピューターが置いてあった。

「ここは何をする部屋なの？」

「お父さんのディーリングルームで、株とかの取引をする専用の部屋だったの」

「へー」

伝説の相場師・コムチャット男のディーリングルームは、宇宙船のコックピットのようだった。様々なモニターが壁面に埋め込まれ、東京、ニューヨーク、上海、ロンドン、そこには世界中のあらゆるマーケットの情報が映し出されていた。

「お父さんから、この部屋だけは絶対に入っちゃダメって言われていたの。だからこんな機械があるのも、最近まで知らなかったの」

「そうなんだ」

「でもね、昨日、その双子の彼女がこの部屋の日焼けマシーンを見つけて、試しに使いたいって言いだしたの」

「日焼けマシーン？」

彼女が指を指した先には、確かに日焼けマシーンのような、大人が一人入れるぐらいのベッドのようなマシーンがあった。

「なんで、日焼けマシーンがこんなところにあるの？　お父さんは日焼けをするのが好きだったの」

「ううん。特に日焼けもしていなかったから、このマシーンはあんまり使っていなかったんじゃないのかな」

彼女がそのマシーンの脇にあるボタンを押すと、蓋の部分がゆっくりと開き、枕とベッドのようなスペースが見えた。

それは日焼けマシーンには見えなかった。ディーリングに疲れちょっと小休止する時に、何かリラックスをするためのマシーンなのかもしれない。

「私も一度使ったことがあるんだけど、全然焼けなかったのね。だから彼女は勝手にこのマシーンに入っちゃったの」

俺は試しにそのマシーンの上に寝転がってみた。大の大人が余裕で収まる大きさだったが、ベッドは硬く寝心地がいいものではない。目の前にモニターがあり、タッチパネルで何かを入力できるようだった。日焼けマシーンらしきライトは見当たらない。ふと見上げると、頭の右横に「ＥＮＴＥＲ」と書かれたボタンがあった。

「そのボタンを押すと、日焼けが始まるもんだと思ったんだけど」

俺がそのボタンに気付いたのを見てユキは言った。

「押してみたの？」

「うん」

「で、何が起こったの？」

「三日ぐらい前に、ユキが押した時は何も起こらなかった。でも昨日あの子が押したら、消えちゃったの」

「消えた？」

「そう、何か光ったかと思ったら、彼女の体がこのマシーンの中から消えてくなったの」

そんなことがあるのだろうか。俺は右手を伸ばしボタンの表面を指で触れてみた。今これを押したら、一体何が起こるのだろうか。俺はそのままボタンを押したい衝動に駆られた。

その時遠くで電話が鳴る音がした。

「あの電話が鳴るなんて珍しいな」

ユキは呼び出し音のする方へ走っていった。

奇妙なマシーンの上に一人残された俺は、腕を組んで考える。

三日前、ユキがこのボタンを押した時には何も起きなかった。そして昨日、双子の彼女がこれを押した時、その姿が消えてしまった。

それは一体、何を意味しているのだろうか。

俺はそのボタンを触ってみる。ゲームでもスマホでも、わからないボタンは押してその機能を確かめる。スマホでも家電でも、取扱説明書なんかいちいち読んだりはしない。

もはや俺は、そのボタンを押す衝動を抑えることができなくなっていた。

恐怖と好奇心、どちらかといえば好奇心が優勢だった。人差し指に力を入れてそのボタンを押し込もうとした瞬間、コンコンと蓋を叩く音が聞こえた。

「カッキーに電話が入っているよ」

「ええっ、俺に？　誰から？」

俺は半身を起こしてそう訊ねる。

「さあ、特に名乗ってないけど、男の人だった」

「おかしいな。俺がここに来ることは、誰にも言っていないんだけど」

「でも、カッキーを出してくれって言ってるよ」

俺はマシーンから出て螺旋階段を駆け上がり、玄関の脇にあった固定電話に向かった。廊下を歩きながらもう一度考えてみたが、今ここに電話をかけて来る相手は想像できない。 俺は置かれていた受話器を取って耳に当てる。

「もしもし、垣島……」

ツー、ツーという機械音が聞こえただけだった。既に電話は切れていた。

しかしなぜ、今、ここに俺を指名して電話をかけてきたのか。どうしてユキの自宅の電話番号を知っているのか。頭の中にいくつものクエスチョンマークを残したまま、俺は地下のディーリングルームに戻った。

いたずら電話だったとユキに説明すると、もう一度マシーンの外観をじっくりと見た。マシーンの前後左右、三百六十度、手で触りながら注意深く調べてみると、あることに気がついた。このマシーンは外部動力に接続されていないように見える。家庭用電源はもちろん、一切のケーブルや配管が繋がれていないようだった。日焼けマシーンならば電源が必要なはずだ。

「もう一回、双子みたいな彼女が消えたときの話をしてくれる」

ユキは小首を傾げ、長いまつげを上下させる。

「昨日の夜に、さっきのカッキーみたいに彼女がそこに寝てそのボタンを押したの。そしたらその後、ブーンっていう音がして、十秒ぐらいしたらマシーンがピカッと光ったの。その後このマシーンの中を見たら、あの子が消えていたの」

俺は大きく首を捻った。

「今までに、ユキちゃんがこのマシーンを使ったのは一回だけなの？」

ユキは大きく頷いた。

「でも、ユキちゃんが使った時は、何も起きなかったんだよね」

「そう。ピカッて光るまでは同じだったんだけど、特に変わったことはなかったの。たいして日焼けもしなかったし」

「ピカッと光ることはしたんだ」

何かが作動したことは同じだったのだろう。しかしその後に起こったことはまるで違う。

「それはいつ？」

「だから……、四日ぐらい前の夜かな」

「四日前ねぇ」

「だけどやっぱり何にも起きないから諦めて、そしてその後、リビングに戻ってテレビを見てたの。リモコンで適当に切り替えてたんだけど、何かどこかで見たことがある番組だったのでつまんないなーと思ってたら、双子の親戚が帰ってきてリビングに入って来たの。彼女は私を見ると急にびっくりしたような顔をして、どうやって家に入ったとか、人の洋服を盗むなとか、ユキのことを泥棒だとか言いだしたの。もともとここは私の家でしかも親切にしてあげてるのに、急にそんなことを言いだしたから、その時は本当に大喧嘩になっちゃったのよね」

「その時は、ユキちゃんが泥棒って言われたんだ」

さっきはユキが「泥棒！」って叫んだと言っていた。何かが俺の頭に引っ掛かった。しかしそれが何なのかはわからない。

「ところでユキちゃんの周りで、他に変なことは起こっていない？」

「変なことって」

「うーん、例えば車が盗まれるとか、血のついた服が見つかるとか、窓ガラスにヒビが入るとか」

ユキは小首を傾げて考える。

「別に思い当たることはないけれど」

俺はもう一度その緑色に輝くマシーンを見た。

手の甲でその蓋の部分を叩いてみると、予想以上に甲高い音が響いた。それはセラミックかまたはプラスチックのような素材だったが、そのどちらとも微妙に違うような感じがした。よく見ると色も変わっていて、一見緑に見えるそのマシーンは、角度によっては赤や黄色にも色を変えた。

一七

ユキの家を出たとき、時計の針は午後四時を回っていた。

駅に向かう道を歩いていると、女子大の脇にサングラスをかけた若い男が立っていた。グレーのスーツを着たその男は、俺の顔をちらりと見ると、背中を向けてスマホで何かをしゃべりはじめた。その脇を通った時にその会話が聞こえたが、それは日本語ではなく東アジアの言語のようだった。

その言葉がきっかけとなり、その外国人をどこかで見かけたような気がした。記憶をたどっていくと、ここに来る前に都立大学駅のホームで見かけたアジア系の外国人に、その男が似ているような気がする。

女子大の音楽堂の前には、バイオリンケースを小脇に抱えた髪の長い女子大生が立っていた。この女子大には、音楽部もあったことを思い出しながら歩いていると、後ろから一台の紺のワゴン車が走ってきて俺の前方で停車した。車のガラスには目隠し用のシールドが貼られている。

　次の角を左に曲がって坂を下りれば、地下鉄の元町・中華街駅に抜ける商店街だった。道順を頭の中で反芻していたら、前方で停車した紺のワゴン車から一人の男が降りてきた。片手に地図らしきものを持ち、目が合った俺にカタコトの日本語で話しかけてきた。

「スイマセン。チュウカガイ、ドコデスカ？」

　アジア系の顔だったが日本人ではなかった。つりあがった鋭い目と角張った顎をして、左の頬に何かの傷あとがあった。紺のスーツを着ていたので、観光客というわけではなさそうだ。

「多分、この坂を下りて……」

「イマ、ドコ？」

　アジア系の男は手に持った小さな地図を俺に見せる。それには東アジアの国の文字が書かれている。

　その時だった。後ろから急に手が伸びてきて、俺は口を塞がれた。道を尋ねた男が素早く俺の足を持ち、いつの間にか背後に停車していた紺のワゴン車に、俺を担ぎ込もうとする。声が出せないどころか息さえもできない。俺は手足を大きくばたつかせて、無我夢中で身体を思いっきり捻る。しかし二人の腕力は強く、体の自由を奪われたまま俺の体は宙に浮いた。

後ろから女性の悲鳴が聞こえてきた。

頬に傷のある男が一瞬その悲鳴の主に気を取られ、俺のばたつく右足を持つ手が外れた。俺はその右足を思いっきり伸ばして、頬に傷のある男を蹴った。その反動で左足も自由になると、今度は後ろから俺の口を塞いでいる誰かに向かって、全体重をかけて思いっきり地面を蹴る。バランスを崩して俺と後ろの誰かは、もつれるようにして転び大きく尻餅をついた。振り返るとさっきすれ違ったサングラスの男が倒れていた。頬に傷のある男が何かを叫びながら運転席に乗り込むと、車を急発進させようとする。サングラスの男が車に飛び乗ると、車は猛スピードで走り去った。

一体、何が起こったんだ。俺はわけがわからず、ワゴン車が走り去った方角を呆然と見つめていた。

「大丈夫ですか」

声の主を見ると、音楽堂の前で楽器を抱えて立っていた女子大生だった。彼女の悲鳴で命拾いしたようだ。

「どうもありがとう。とりあえず、怪我とかはなさそうだけど」

俺は体の前後左右を手で触った。転んだときに右ひじを擦りむいたが、大きな傷はないようだ。

「鞄、取られちゃったみたいですけど」

俺の鞄が見あたらなかった。

サングラスの男と格闘している間に、もう片方の男が持って行ったそうだ。中に入っていたものを思い出す。読みかけの単行本、携帯ラジオ、ストップウオッチ、入構証、ICレコーダー……。その中で最も値段が高いのは、取材用に買ったばかりのICレコーダーだった。

一八

元町・中華街駅の近くの交番に行って、被害届を提出した。

ここ数日の俺の偽者による不思議な出来事、俺を拉致しようとした二人組のアジア系の外国人のことも話はしたが、とりあえずひったくり事件の被害者として調書にはサインをした。

元町・中華街駅の改札を通った時には、もう午後五時半を回っていた。

東急東横線直通・みなとみらい線渋谷行きの始発電車がホームに止まっていて、この電車にそのまま乗れば、俺のマンションのある都立大駅に行くこともできる。一回マンションに戻るか、それともこのまま中目黒で乗り換えて有楽町の会社へ行くか。そんなことを考えながらホーム上を歩いていると、俺のスマホが鳴った。

『もしもし垣島さん、今どちらですか』

不機嫌そうな東大君の声が聞こえてきた。

「今は横浜、元町・中華街駅にいるけど」

『横浜？　元町？　何でそんなところに。今日は何時ぐらいに出社しますか』

「これから東横線に乗って局に向かうから。一時間後ぐらいかな」

このまま直接会社に向かうことをその場で決めた。

『あと一時間もですか』

電話の向こうからため息が聞こえてきた。

「あれ、今日は生放送まで特に録音とかなかったよね」

『昨日、番宣録り損ねたじゃないですか。あの〆切が今日の午後だったんですよ。早めに出社するって言ったから、会社で待ってたんですけどね』

そんな会話をしたことを、俺はすっかり忘れていた。

「ごめんごめん。すぐに行くから」

『まあいいですよ。僕が怒られればいいだけの話ですから』

東大君が「だけ」の部分を強調する。

「なるべく早く行くからさ」

俺はそう言って電話を切り、ホームに止まっていた電車に飛び乗ると、まるで俺を待っていたかのように扉が閉まり電車が走り出した。地下を走るみなとみらい線の真っ暗な車窓を眺めながら俺は考えを整理する。

あのアジア系の二人の外国人は、なぜ俺の鞄をひったくったのだろうか。しかも彼らは、俺をワゴン車に連れ込もうとさえした。そんな危険な目に遭う覚えは、もちろん俺には全くない。

これも俺の偽者のせいなのだろうか。

俺の偽者は結婚詐欺などという生やさしいレベルではなく、国際的な犯罪に関与していたりするのではないか。あまりにも不思議なことが多すぎて、もはや何が起こっているのか想像もできない。

横浜駅を過ぎると電車は東横線に直結し、やっと地上に出た。銀色の電車は、春の夕暮れの中を渋谷に向けてひた走る。座席に座ってスマホをチェックしていたら、意外とバッテリー残量が少ないのに気がついた。低電力モードに切り替えて、スマホをポケットにしまう。

心地よい電車の揺れで思わず瞼が重くなってくる。

電車の揺れで首がカクンと折れて目が覚めた。窓の外を見ると川が見えていた。電車はまさに多摩川を渡っているところだった。薄暮の中、野球を楽しんでいる子供たちの姿が目に入る。

俺は高校まで野球部に所属していた。小さい頃から野球は大好きだったが、結局大して上手くならなかった。しかし野球に関わる仕事がしたいとスポーツアナを目指したわけだが、人生は本当にどこでどうなるかわからない。

電車が多摩川を渡って数分が過ぎたとき、目の前に座っていたＯＬ風の女性の携帯から不気味なアラーム音が聞こえてきた。わずかな時間差ですぐに前後左右、同じアラーム音が鳴り出して、車内はその大合唱となった。

緊急地震速報だった。

甲高い金属音を鳴らしながら電車に急ブレーキがかかり、倒れそうになった乗客の悲鳴が聞こえる。

やがて電車は停車したが、車体が大きく上下していて、窓から見える風景も同じように揺れている。なかなか揺れは収まらず、電車内に緊迫した空気が漂った。

《さきほどの地震のため、全線電車を止めて点検をしております。安全が確認され次第、運転を再開します。お急ぎの所を申しわけありませんが、しばらくお待ち下さい。次の情報が入り次第ご連絡します》

揺れが収まると、車内アナウンスが入った。時計を見ると午後六時二十六分を指していた。

「静岡で震度六だって」

「マグニチュードは六・六。でも津波は大丈夫みたい」

車内の人々が、スマホのニュースをチェックしはじめる。バッテリー残量に不安を感じながら、アプリを立ち上げニュースを見る。

〈震源は静岡沖二十キロ。震源の深さ三十キロ。マグニチュードは六・六。静岡県中部、西部が震度六、静岡県東部、神奈川県西部で五強、神奈川県東部、東京二十三区などで五弱……。津波の心配はなく、首都圏、および静岡県のＪＲ、私鉄各線が全面ストップ〉

会社に電話を掛けてみたが、回線が混み合っているせいか繋がらない。

東京が震度五弱ならば都内は大きな被害はないかもしれないが、首都圏の公共交通機関が麻痺してしまえば、帰宅できない人たちは大混乱するはずだ。帝都ラジオは長時間の地震特番を編成するかもしれない。

しかし今の俺は電車内に閉じ込められて手も足も出ない。出社が遅れる旨を、上司と東大君にメールする。災害時は電話が繋がらなくとも、メールは通じる可能性があった。

一九

赤いオープンカーは、夜風の中をのろのろと進んでいた。

地震はそこそこ大きかったが、各地で死傷者が多発するほどではなかった。しかし電車が動き出すまでには思った以上の時間がかかり、相変わらず電話も繋がらない。

《この電車は、とりあえず最寄りの田園調布駅まで移動します》

やっと電車が動き出し俺は軟禁状態から解放された。すぐにタクシーを拾おうとしたが、駅前には長蛇の列が出来上がっていた。しかも肝心のタクシーが、やって来る気配はない。平常通りに電車が動くまでには、まだ相当な時間がかかると駅員が言うので、俺はマンションまで歩くことにした。三十分以上もかかってしまったが、なんとかたどり着き、そこで俺の愛車に飛び乗った。そして車をぶっ飛ばせば、なんとか十時からの生放送に間に合うと思っていた。しかし目黒通りは大渋滞で、高速の入口まであと何時間かかるかわからなかった。

そして遂に、『ショッキンナイツ』がはじまる午後十時を過ぎてしまった。俺は病気でも番組に穴を空けたことはない。地震だからしょうがないとは思ったが、俺は本当に申しわけない気持ちでカーラジオから聞こえてくる音に耳を澄ました。

《こんばんは、垣島武史です。いやー、今日の地震は凄かったね……》

自分の耳を疑った。

《俺はさあ、会社にいたんだけど、急にレポートやれって話になって、東京駅に行ったんだけど、もうそれが大変でさ……》

ラジオで俺がしゃべっていた。

しかし今、自分はこうやってハンドルを握っているから、声や話し方が自分そっくりな誰かがしゃべっていることになる。そいつは声や話し方だけではなく、間の取り方やギャグの入れ方、さらには間違え方まで俺そっくりだった。完璧に『垣島武史のショッキンナイツ』の代役を務めている。

こいつは誰だ？

俺が生放送に間に合わなかったので、俺の声に似た声優を連れてきてしゃべらせているのか。それとも過去のテープを編集して、俺がしゃべっているかのような演出をしているのか。

しかしそんな方法で、ここまで流暢なトークができるはずがない。

俺はスマホを取り出して、スタジオ直通の番号に電話する。一時間前には繋がらなかったが、呼び出し音三回で今度は繋がり、新人ＡＤの石田の声がした。

「おい石田、俺だ。東大君に代われ」

『今、生放送中です』

「いいから、代われ」

『キュー振り中だから無理です』

「俺が代われって言ってるんだぞ。いいから代われ」

『そもそもあなた誰ですか？』

「垣島だ」

『垣島さんは、今、僕たちの目の前のスタジオの中でしゃべっています。生放送中なのでいたずら電話は止めて下さい』

そう言うや否や、石田は一方的に電話を切った。

軽く舌打ちしてもう一度電話を掛ける。今度は、「もしもし」と言った途端に切られてしまった。

東大君の携帯に掛けてみた。

『ただいま電波の届かない所か、電源が入っていないため……』

あの真面目な東大君が、生放送中に携帯を生かしておくはずがなかった。

もう一度、スタジオに掛けてみようと思いリダイヤルしたら、スマホのバッテリーが切れてしまった。

二〇

首都高の入口までは大渋滞だったが、高速はそれなりに動いていた。

帝都ラジオの生放送中のスタジオで、今度こそ俺の偽者を捕まえる。今、しゃべっている俺の偽者は、少なくとも俺よりもレベルの低いしゃべり手ではない。

このまま番組を乗っ取られてしまうのではないか。

そんな不安が脳裏をよぎる。これだけ自然に番組ができるのならば、東大君だろうがドラゴンだろうが、彼が偽者とは疑わないだろう。アジア系外国人にひったくられた鞄の中には局の入構証が入っていた。警備員に止められて、この俺が局に入れない可能性もあった。

ライトアップされた東京タワーが見えた。ＡＭラジオは電波の干渉を受けやすく、激しいノイズで番組が聞こえなくなってしまったので、俺はやむなくカーラジオのスイッチを切った。

俺の偽者は、あのアジア系の二人組とグルだったりしないだろうか。局に待ち伏せしている彼らに捕まってしまい、遠いどこかに拉致される。そして、今ラジオでしゃべっている俺の偽者が、パーソナリティーの俺に成りすます。そしてラジオを通じて世論や情報の操作、さらにスパイ活動をするというのは考え過ぎだろうか。そんなことも思ったが、だったらもっとマシなパーソナリティーを狙うはずだろう。

それから一時間以上かかって、やっと霞ヶ関の高速の出口に着いた。

時刻は十一時四十分。

間に合うだろうか。間に合ったとしても、ギリギリのタイミングだろう。

日比谷の交差点で少し待たされる。信号が二回赤になるのを見送ってやっと交差点を右折する。さらに信号を左折すると局の外観が見えてくる。俺は車を脇道に入れ、局の入口が見える所で車を停めた。入口にはこの後の番組の人気パーソナリティーのファンたちが、十人ぐらいたむろしていた。それを局の警備員が遠くから見守っている。

その時、少し離れた場所に紺のワゴン車を見つけた。俺を拉致しようとしたあのワゴン車と同じ車だった。俺は慌てて車を止めて、ギアをリアに入れバックさせると裏玄関を目指した。帝都ラジオには入口が二つあり、基本的には表の入口を使用する。その一方でタレントのスキャンダルなどでマスコミの取材が殺到した時には、裏の入口からこっそり逃がしたりすることもあった。社員はその裏の入口からも入ることができる。

裏の入口にはラジオカーなどの放送用の車が停まっていて、怪しい人影はなかった。館内モニターから『ショッキンナイツ』の放送が聴こえている。ギリギリ間に合ったようだ。こうなったら躊躇している場合ではない。俺は車を停めると裏の入口に飛び込んだ。

「入構証を……」

「生放送中なんですいません」

凄い形相をしていたのだろう。俺の顔を見た警備員が声を上げる。

番組終了まであと五分。

急げば俺の偽者を捕まえられる。

エレベーターは十階に止まっていたので、俺は階段を駆け上がる。第二スタジオは五階だが、運動不足の俺には五階分の階段ダッシュはきつい。二階を過ぎたあたりからすぐに足が重くなり、一段抜かしで駆け上がっていた足が、思ったように上がらない。気持ちばかりが先走り、何度もつんのめりそうになり、喉から聞いたこともないような喘ぎ声が出た。

しかし時間は待ってはくれない。生放送の終了に間に合わなければ、またするりと逃げられてしまうかもしれない。足に鞭を打つ気持ちで一段一段階段を登っていく。息も絶え絶えで全身に汗をかきながら、やっとのことで俺は五階フロアに到着した。

目指すべき第二スタジオは、目の前の廊下の突き当たりだ。技術部、報道部のスタッフが、俺の死にそうな形相を見て驚いている。俺はＣＤルームの脇を通り過ぎて、やっと生放送スタジオに繋がる副調の扉の前にたどり着いた。

モニターから放送の音が聴こえた。

《……今日もたくさんのメールありがとう。採用された人には番組特製ノベルティー・カッキーの種を差し上げています……》

間に合った。

俺の偽者が、今この副調の先のスタジオの中でしゃべっている。

遂に奴を追い詰めた。スタジオの出入りは、このぶ厚い扉を通るしかない。完全防音の生放送スタジオには窓はあるが開かない。叩き壊さない限りその窓から逃げることは不可能だ。

俺が大きく息を吸うと、少しだけ呼吸が落ち着いてきた。

副調のぶ厚い扉の大きなノブに手を置いて、俺は重い扉を開いた。ディレクターチェアに座っていた東大君が振り返って俺を見た。AD、ミキサーも同時に振り返り、みないっせいに驚きの表情を浮かべた。俺は目線を副調の先、スタジオの中に注ぎ込んだ。

しかし、いなかった。

スタジオの中には、偽者の俺はおろか人が誰もいなかった。

「垣島さん。帰ってくるなら、エンディングを録音にする必要なかったじゃないですか」

東大君がそう言って俺を睨んだ。

「え、エンディングだけ録音だったの？」

「何を言ってるんですか。垣島さんが、どうしても早く出なければいけないからって、無理にエンディングだけ録音にしたんじゃないですか」

《……それでは、今日も最後まで聴いてくれてありがとう。ＳＥＥ　ＹＯＵ。バイバーイ》

俺の偽者がリスナーにさよならを告げていた。副調の再生機が動いていた。

エンディングの時間を正確に計算し、その尺きっちりで録音した素材を同じスタジオの再生機で送出する。ＣＭや曲、録音されたミニコーナー番組によってはかなり時間が稼げる。エンディングはしゃべられることも限られているので、分単位を争う超多忙のタレントのスタジオの出し時間を早めるために、エンディングだけ録音にしてしまうことがごく稀にあった。

間髪入れずにジングルが流れて番組が終了する。

「お疲れ様でしたー」

番組スタッフが挨拶(あいさつ)する中、俺は呆然と立ち尽くす。

スタッフが後片付けをする間、俺はスタジオの中に入りいつもの椅子に座ってみる。パーソナリティーが座っていたその椅子には、まだ温もりが残っていた。キューシートが机の上に残っていて、そこに殴り書きされた文字や数字が乱暴に書き込まれていた。

筆跡までも俺とそっくりだった。

春とは思えない猛烈な寒気を背筋に感じる。

「垣島さん、電話が入っています」

ミキサーの実帆が俺を呼んだ。

「誰?」

俺は実帆に訊いた。彼女は黙って首を傾げた。スタジオ直通のこの番号を知っている人間は限られている。俺は受話器を受け取った。

『もしもし、垣島さんですね』

俺によく似た声が聴こえた。

「誰だ、お前は」

思わず怒鳴った。

『垣島武史です。もう一人のあなたですよ』

「なんだと!」

『今からすぐに横浜のM埠頭まで来て下さい』

「お前は一体、何者だ。何を企んでるんだ」

『別に何も企んでなんかいませんよ』

「M埠頭で何をするつもりだ」

『そこで、すっきりさせましょうよ。同じ人間が二人もいると何かと面倒でしょう。そろそろ、どっちが本当の垣島武史か決めた方がいいかと思いましてね』

何もかもわかっているような口調だった。むしろ奴が本物で、この俺が偽者のような口調ですらあった。

「ふざけるな。警察に連絡するぞ」

『それはあまり賢明じゃないな。自分で自分を逮捕させることになりかねませんよ。ただ白黒をつけるだけです。すぐに終わりますから』

自信たっぷりのその言い方が、さらに俺の怒りを増幅させる。

「あのアジア系の二人は何者なんだ」

『アジア系？』

「俺を拉致しようとした二人組のことだ」

『ああ、それも追々わかりますよ。とにかくもう、あまり時間がない。麻希のこともありますし』

この偽者は麻希にまで接触しているのか。

「麻希？　お前、麻希にも何かしたのか」

『来てもらえばわかりますよ。とにかく時間がない。急いでM埠頭まで来て下さい。待ってますよ』

そういって電話は切れた。

麻希の名前を出されては、躊躇している暇はない。俺はスタジオを飛び出して、赤い愛車に飛び乗った。

二一

赤いオープンカーは猛スピードで高速を走っていた。

横浜のM埠頭なんて聞いたこともなかったが、カーナビはきちんとその行き先を教えてくれた。局を出てから、ずっとバックミラーに紺のワゴンが映っていた。レインボーブリッジを渡りフジテレビを右にやり過ごすと、俺はアクセルを踏み込んだ。赤いオープンカーは跳ねるように加速し、一オクターブ高いセクシーなエンジン音を夜空に響かせると、紺のワゴン車はバックミラーの中であっという間に小さくなっていく。

やがて車は羽田空港を過ぎ、巨大な工場が立ち並ぶ横浜の臨海エリアに入ってきた。遠くに横浜の高層マンションが目に入ると、俺はマンションのヒビの入ったガラスのことを思い出した。

あのヒビは、本当に銃弾によるものだったのか。

これから対峙(たいじ)する俺の偽者は、武器を持っているだろうか。持っているとすればそれはナイフか、それともピストルか。そんな危ない相手に、丸腰でのこのこ出掛けていって大丈夫なのか。

麻希のことも心配だった。

誤送信だと思った麻希からのメールは、実は俺の偽者と接触した後に送られたものだった可能性が高い。そうだとすれば、俺の偽者は麻希にプロポーズまでしているということだ。

俺の偽者と謎のアジア人たちは仲間なのだろうか。奴らは白昼に俺を拉致しようとした連中だ。麻希が奴らに拉致されて、酷い目に遭わされていないだろうか。俺はアクセルを限界まで踏み込み、一秒でも早くとM埠頭へ車を走らせる。

バックミラーを見ると、紺のワゴン車の姿は完全に見えなくなっていた。

俺は軽く深呼吸をしながら、カーラジオのスイッチを入れる。

《はーい、音楽とサブカルに徹底的にこだわったラジオ『ミューカル』。パーソナリティーの吉見紀久です。時刻はもうすぐ、零時三十分ちょうどを回りまし……、あ、まだだ、……もうすぐ……、あ、はい、今、回りました。早くも『ミューカル』は後半です。それでは、まずこの曲からスタートです》

俺の後輩がパーソナリティーを務める番組が流れていた。

二二

カーナビが次の出口で下りるように示していた。

改めて後方を確認したが、紺のワゴン車の姿はない。ウインカーを左に出してアクセルを踏む足を緩める。

高速を下りると、M埠頭までは長い一本道橋が続いていた。呆れるほど長いその一本道の周りには倉庫やがらんとした空き地で、人の気配は全くない。まるであの世にでも行ってしまったかのような錯覚になる。もうどれぐらい走ったのだろうか、時間と距離の感覚がおかしくなる。

しかし生臭い磯の匂いが俺を現実に引き戻す。

M埠頭からは、対岸のきれいな港の夜景が一望できた。ランドマークタワー、インターコンチネンタルホテル、特徴のある横浜の高層ビルとともに、大観覧車の鮮やかな照明が水面に光っていて、月が出ていなくてもその灯りだけで充分に明るかった。対岸の華やかさに比べると埠頭側は寂しかった。人気のない倉庫、積み重なるコンテナ、ピクリとも動かない巨大クレーン、小さな貨物船が接岸していたが、そこにも人の気配はしなかった。

遠くから汽笛が聞こえてくる。

この埠頭には、俺の車以外に動くものは見あたらない。俺の偽者はまだ来てないのか、それともこの先の防波堤付近で待っているのか。車をゆっくり走らせていると、前方に大きな倉庫が見えた。俺はとりあえず車をその倉庫の脇に移動させ、エンジンを切った。

暫くすると車の音が聞こえてきた。

俺の偽者が車に乗ってやって来たと思い、ヘッドライトの光をじっと見つめる。最初は小さかった車のライトが徐々に大きくなると、車の輪郭が徐々にはっきりとしはじめる。

その瞬間、俺は慌てて地面に身を伏せた。車はあのアジア系の外国人が乗っていた紺のワゴン車だった。

心臓の鼓動が早鐘のように鳴った。

完全にまいたと思ったのに、どうしてこの場所がわかったのか。まさかこの車に、発信機でも取り付けられていたのだろうか。俺はせめて何かの武器になるかと思い、近くにあった石を両手に握る。ブレーキの音とともに、ワゴン車は地面に伏せている俺の数メートル先で停まった。

見つかってしまったか。

車のドアが開く音がして、車のアイドリング音が続いている。俺は頭を上げることも出来ず、音だけでその気配を探った。今、この状況で奴らに見つかったら問答無用で殺される。そんな予感というか確信があった。

俺の偽者はアジア系外国人の二人組に俺を殺させるために、俺をここに呼び出したのではないだろうか。

二人は彼らの国の言葉で、何ごとかの会話をしていた。

やがてワゴン車のドアの閉まる音が聞こえ、車が埠頭のさらに先に向かって走り去っていく音が聞こえた。俺はほっと息をもらして立ち上がり、両手に持っていた石を迷った末にポケットに入れた。そして服についた汚れを叩き落とす。

その時、生臭い風が埠頭を駆け抜けた。

「こんな夜更けに呼び出して悪かったな、垣島さん」

背後から俺に似た男の声が聴こえた。慌てて振り返ると、暗闇に一人の男が立っていた。ジーンズと見慣れた黒い革ジャンを着ていて、俺が持っているのと同じサングラスをかけていた。

「その革ジャン、俺のだよな?」

思わず出たセリフがそれだった。

「そうだとも言えるし、そうじゃないとも言えるな」

嘲笑するような口調だった。

目が暗闇に慣れてきた。顔立ちは俺そっくりだった。ソフトモヒカン、濃い目の眉毛、やや小さ目の鼻、厚めの唇……。しかしサングラスをしているので、奴の目がどれだけ俺に似ているかはわからなかった。

「どこで盗んだ」

俺は一歩、前に出た。

「盗んではいないさ、これはお前のものでもあるが、俺のものと言っても間違いではないからな」

わけのわからないことを言いながら、奴はゆっくりサングラスを外した。

俺は思わず息を呑んだ。

少し垂れぎみの目が、まっすぐに俺を見つめていた。それは毎日俺が鏡でよく見る目だったが、鏡ならば俺が動けば鏡の中の俺も動く。しかし今、目の前にあるその顔は、ただ黙って俺を見つめていてピクリとも動かない。整形なのかそれとも特殊メイクか、しかしその顔は、間違いなく俺の顔だった。

「お前は誰だ」

ふつふつと怒りが湧いてきた。

「垣島武史だ」

「垣島武史は俺だ」

声を荒らげないと自分の存在が否定されてしまいそうな不安を覚える。そんな俺の胸のうちがわかっているのか、奴は微かに笑っている。何もかも知っているようなその表情が、ますます俺を苛立たせた。

「今夜の俺の番組をジャックしたのはお前だな」

「ああそうだ」

「何であんなことをした」

「何で？　ふん、お前が無断で番組に穴を空けたから、俺が変わりにしゃべってあげたんじゃないか。文句を言われるより、むしろ感謝されていい話だ」

「なんだと！」

俺は、俺と同じ顔のその男を睨みつける。

「結構、いい放送だっただろ。俺の方があの番組のパーソナリティーにふさわしいと思わないか」

その一言に、俺のプライドが傷つけられる。いつもの『ショッキンナイツ』のようでありながら、それでいて全く違った放送だった。今夜の放送は奇跡のような内容だった。少なくとも番組の後半、俺にあんなトークはできないかもしれない。あまりにも悔しくて腹が立ってきた。

「お前、麻希に何をした」

自信満々だった奴の表情が少し曇る。

「俺が俺の恋人に何をしようが、お前に報告する義務はない。まあ今まで、充分に楽しませてもらったとだけ言っておこうか」

「なんだと」

麻希を侮辱され、俺の怒りが頂点に達した。

「そもそもお前は麻希と別れるつもりだったんだろう？　電話もしないで放っておいて、今さら何を熱くなっているんだ」

「うるさい！　それ以上減らず口をたたくと、ただじゃおかないぞ」

俺の怒りが爆発する。殺してやる。初めて目の前の男に明確な殺意を抱いた。

奴は革ジャンのポケットの中から黒い何かを取り出した。

「悪いがお前には死んでもらう。この世界に二人も三人も垣島武史がいたんじゃ、おかしなことになるんでね」

奴はその黒いものをこちらに向ける。対岸のみなとみらいの灯りがそれを映し出し、小型のピストルであることがわかった。

思わず足がすくんでしまう。今、奴が引鉄を引くだけで俺の命は失われる。それなのに俺には武器らしい武器はなく、まさに死が秒単位に迫っている。

『本当に人を撃つとね、あんなことはなくて、ヘナヘナと前に倒れるんだよ』

伊沢監督の話を思い出す。俺は撃たれてヘナヘナと前に倒れこんでしまうのか。

「本気なのか。殺人罪だぞ」

「大丈夫だ。死体が見つかるようなへまはしない」

「俺を殺して、そのまま俺に成りすまし続けるつもりか」

「お前から見れば、そういうことになるかな」

「そんなこと本当に、できると思っているのか」

「お前も薄々わかっているだろう。お前より俺の方が若干優秀だ。お前ができることは、百パーセント俺はできる。だから消えるのはお前の方だ」

「なんだと！」

「図星だからといって怒るな。お前の欠点はよくわかっている。後のことは俺が上手くやってやるから安心しろ」

奴は本気で撃つ気だ。目的が何かはわからないが、もはやどちらかが死ななくてはならないのだろう。だからといって俺もここであっさり、殺されるわけにはいかなかった。

俺はポケットの中に手を入れて、さっき拾った石を握った。

「麻希のことも……」

奴がしゃべりだした瞬間、俺はその石を顔面めがけて投げつける。

石を避けようとして銃口がそれたので、一気に間合いを詰めると、俺は拳銃を持つ奴の手首を上に押し上げ体当たりした。そしてその勢いのまま、一緒にもつれるように地面に叩きつけられる。

お互いピストルだけは離さなかった。

トップのポジションを取るべくもがきあう。俺が上になりそうになると、奴が体をよじって俺を倒した。奴が上になりそうになると、今度は俺が全力で体をよじる。生きるか死ぬかの格闘に、あっという間に俺の息が上がる。俺の目の前に、汗まみれのもうひとつの俺の顔がある。俺は頭突きや蹴りを必死で繰り出すが、間合いが近すぎて効果はない。

腕に思いっきり力を入れたその瞬間、奴が頭突きを返してきた。奴の頭が俺の鼻にきれいにヒットし、鼻血で奴の額が赤く染まった。鼻の奥がツーンと痛み、一瞬意識が遠のく。その隙に奴が俺の上になり、銃口を力ずくで俺のこみかみに持ってこようとした。失いかけた意識を気力で取り戻したが、俺の体力は限界だった。

右に側溝らしきものが見えたので、最後の力を振り絞って右に大きく体を捻る。二人は小さな傾斜をもつれ合いながら勢いよく転がると、傾斜の先のコンクリートの側溝に落ちた。俺が上になって奴をコンクリートに叩きつけるつもりが、タイミングが合わず逆になってしまった。俺は受身も取れず背中から落ちた。

ズダーン。

二人がもつれあいながら側溝に落ちた瞬間、銃声が鳴った。

俺が先に落ち、その上に奴の体が落ちてきた。側溝は意外と深く、背中をしたたかに打ち激痛が走った。狭い側溝の中、俺は体の自由を奪われた。上に乗った奴の体を跳ね除けようと身をよじったが、狭い側溝の中では身動きが取れない。

息を吸おうとしたが肺に空気が入らない。苦痛と恐怖で頭がパニックになったが、ピストルが側溝の先に落ちているのが見えた。体をもがいてピストルを必死に取りに行くが、奴の体が邪魔をして手が届かない。俺はもう一度必死の思いで奴の体を跳ね除ける。

足がもつれて二度三度ひっくり返ったが、なんとか側溝の先に落ちていたピストルを拾う。大きく咳き込むと、少しだけ肺に空気が入った。喉はからからに渇き、汗と涙と鼻水で顔面はぐちゃぐちゃになっていたが、俺は振り向きざま奴に向けて引鉄を絞る。しかし、カチカチと乾いた音がするだけで弾は発射されない。

弾切れだった。

しかし奴の体に銃弾を打ち込む必要はなかった。よく見ると、奴は胸から血を流して既に動かなくなっていた。

さっき銃声が鳴った時、弾が奴に当たっていたようだ。または争っている間に、無意識に俺が発砲したのか。俺はピストルを放り投げ、その場にへたり込んだ。安堵と興奮と混乱でまともに頭が働かない。呼吸もまだ落ち着いてはいなく、涙目になりながら大きく咳き込むと、やっと肺に空気が入ってきた。どうやら背中から落ちたショックで、呼吸困難になっていたようだった。

その時、車が走ってくる音が聞こえ、埠頭の奥からヘッドランプの光がこちらに向って来るのが見えた。さっきの銃声を聞きつけたのか、あの紺のワゴン車が猛スピードで迫ってくる。俺はアルファ・スパイダーに飛び乗りキーを回す。ワゴン車はみるみるうちにその距離を詰めてきた。エンジンが掛かった瞬間、アクセルを踏んでクラッチを緩める。思いっきりアクセルを踏みこみたいが、マニュアル車なのでそう簡単にはいかない。

背後から大きな銃声が聞こえた。

俺をめがけてワゴン車の奴らは発砲してきた。その瞬間にフロントガラスにヒビが入り、ガラスの破片が顔に当たる。

ファーストからセカンド、セカンドからサード……、素早くギアチェンジするが、バックミラーに映るワゴン車がどんどん大きくなる。

バックミラーに、助手席から俺に狙いをつけるサングラスの男の姿がはっきりと見える。オープンカーは後ろからの攻撃には裸同然で、後方のサングラス男の視野を遮るものは何もない。

撃たれる。

頭を低くしてとにかくアクセルを踏み込む。道はあくまで真っ直ぐだが、車の振動のせいなのか、それとも俺の手の震えのせいなのか、ハンドルが小刻みに動いた。

今一度、銃声が夜空に轟いた。

思わず目を瞑(つむ)った。天に祈る気持ちで目を開けると、車はそのまま走っていた。フロントガラスに新しいヒビはなかった。体に当たっていないかと思ったが、痛みは感じなかった。しかし心臓は爆発寸前まで高鳴っていて、俺は歯を食いしばってハンドルを握り続ける。涙でぼやけるバックミラーを見ると、ワゴン車との距離が少しずつ開いていた。すぐにギアをトップに入れて、アクセルを思いっきり踏み込んだ。加速さえついてしまえば、ワゴン車ごときに負ける車ではない。ワゴン車のヘッドライトが徐々に小さくなっていく。

三度目の銃声は鳴らなかった。

対向車がないのをいいことに、俺は道路のど真ん中を全速力でぶっ飛ばす。もう一度バックミラーを覗くと、もうヘッドライトすら見えなくなっていた。それでも俺はアクセルを緩める気にはなれない。長い橋を渡り切り、幹線道路を行き交う車が見えた。ここまで来れば奴らも無茶はできないはずだ。しかしヒビ割れたフロントガラスが目に入り、もう一度バックミラーを確認する。

二三

何度もバックミラーで追って来る車がないことを確認しながら、俺は山下公園の近くで車を止めた。確かこの辺りに神奈川県警の本部庁舎があるはずなので、そこに行って自首をするべきだろう。俺はカーナビでその位置を検索する。

正当防衛は認められるだろうか。

ハンドルを握りながらそんなことを考えていたが、そもそもこれは公になるのだろうか。これは国際的な謀略が絡んでいる可能性が高い。俺が撃ってしまった俺の偽者の死体は、闇から闇に処理されてしまうのではないか。

カーナビの検索が終わり、神奈川県警本部庁舎の位置が示される。

それにしても不可解なことが多過ぎる。このまま警察に行ったとしても、何をどう説明すればいいのだろうか。

カーナビが神奈川県警の本庁舎を示した地図に、近くの女子大も表示していた。俺はその女子大の近くに家があるユキのことを思い出した。

俺とそっくりの容姿を持つもう一人の俺が出現した。それはユキの家に双子のようなそっくりな少女が現れたのと、何か関係があるのだろうか。

この謎を解く鍵は、ユキの家の地下にある日焼けマシーンのような機械にあるような気がした。警察に行くのは、それを確かめてからでも遅くはないと思い、俺は車のアクセルを踏んだ。

十分もしないうちに、ユキの家に到着した。車を家の前に停めると、俺は玄関のインターフォンを押した。

『誰？』

ユキの声がスピーカーから聞こえる。

「垣島です。ごめんね、こんな夜遅くに」

こんな深夜に、女の子のリスナーの家を訪ねるというのは異常なことだが、今、俺に起こっている事態がさらに異常なのでしょうがない。

『どうぞ。勝手に入って来ていいよ』

鍵が外れた。俺はノブに手を掛け自らドアを引いてユキの家に入った。

「悪いね。寝ていたかな？」

玄関にユキが眠そうな顔で出迎えてくれた。

「ううん。明日も休みだしぃ、寝るのはもう少し後だから」

長いまつげが昼間会った時のままなので、まだ寝るつもりではかったのだろう。白い大きなTシャツを着ていたが丈が腿のあたりまであったので、下に何を穿いているかはわからなかった。

「カッキー、喧嘩でもしたの？　鼻血が出ているし服も汚れてるよ」

玄関にあった姿見を見ると、鼻血で顔が真っ赤だった。

「ティッシュあるかな」

ユキが家の奥にティッシュを取りに行っている間に、服の汚れを叩いて落とす。側溝の中に溜まっていた泥水で、ツイードの黄色いジャケットは泥で汚れていた。家を汚すのは忍びないので、俺はジャケットを脱ぐと玄関の脇の靴棚の上に置く。白いワイシャツにも相当量の鼻血や泥が着いていたが、脱ぐわけにもいかないのでそのままにした。格闘のときに何かに引っ掛けたのだろうか、ポケットの部分が裂けていた。

ユキがティッシュボックスを片手に戻ってきた。

二、三枚引き抜いて顔を拭き、血止めに小さく丸めて鼻に詰めた。ゴミ箱を探したが見あたらなかったので、汚れたティッシュをジーパンのポケットに押し込んだ。

「カッキー、なんか大変そうだね」

心配そうに彼女は言ったが、俺は苦笑いを返すことしかできなかった。

「もう一回、地下の日焼けマシーンを見せてもらっていいかな」

地下に続く奥の部屋を見ながら俺は言った。

「うん、いいよ。ついてきて」

彼女はあくびを噛み殺しながら螺旋階段を下りていく。俺は急いで靴を脱いで、その後を追った。

「『双子の親戚』は帰って来た?」

ユキは振り返ると、外人のように手を広げ大きく首を振った。

「帰ってこないの。お父さんもまだ帰ってこないし、ユキ、今夜は一人ぼっちだったの」

ユキは眉間に皺を寄せてそう呟く。

「ところでさ、ユキちゃんがあの日焼けマシーンを使った時は、どんな感じだった？」

「別になんともなかったよ。あ、でも、光がした後に、ちょっと気持ち悪かったかな。体がふわっと浮くような感じがしたかも」

俺とユキは螺旋階段を下りきって、あの謎のマシーンがある部屋の前に立った。

「ユキちゃんは、あの日焼けマシーンをその後は使ってないんだよね？」

「うん。気味が悪いから近づいてもいない」

ユキがディーリングルームのぶ厚い扉に手を伸ばしたので、俺も手伝って全力で引っ張る。昼間に来た時と同じように、部屋の中のたくさんのモニターには各国のマーケット情報が表示されていた。そのほかにもパソコンやプリンター、そして何をするための機械かわからないが、様々なＯＡ機器が所狭しと置かれている。

そしてその一角に、あの不気味なマシーンが緑色に光っていた。

俺はマシーンに近づきもう一度注意深く観察した。コムチャット男は、一体何の目的でこのマシーンを使っていたのだろうか。脇のボタンを押してみると、蓋の部分がふわっと開き簡易ベッドのようなものが現れた。

こうなったら、試してみるしかないだろう。

自分の手で俺の偽者を殺めてしまった。仮に正当防衛が認められても、俺のラジオパーソナリティー生命はこれで終わりだ。殺人事件の当事者が、公共の放送でしゃべれるはずがない。警察に行ったらしばらく拘留されてしまうのは間違いない。せめてその前にこの不可解な事件を、自分なりに探ってみたい。

このマシーンには、この奇妙な事件の謎を解くヒントがある。

「ユキちゃん、これ、使ってみてもいいかな？」

「いいけど、大丈夫？」

ユキは心配そうに俺を見つめ、長いまつげを上下させた。

「前にユキちゃんが使った時は、何も起きなかったんでしょ」

「うん。でもあの子が使ったら消えちゃったよ。カッキーも消えちゃうんじゃないの？」

そんなことがあるのだろうか。もしも消えてしまったのならば、その彼女はどこに行ってしまったのだろう。

悩んでいてもしょうがない。俺はベッドの上に寝転ぶと蓋を閉じ、「ＥＮＴＥＲ」と書かれたボタンに指を伸ばす。ふと見上げると、ユキが心配そうに俺を見ていた。俺はにっこり微笑んで親指を上に立てた。それを見たユキが笑って同じように親指を立てる。俺はその立てた親指で、「ＥＮＴＥＲ」と書かれたボタンをゆっくりと押した。スイッチが入った手応えを感じると小さく閃光が走り、一瞬体が浮くようななんとも居心地の悪い感じがした。

しかしそれだけだった。音もしなければ、熱くも寒くもならなかった。

一分、二分……、しばらく待っても何も起きないので、俺は「ＯＰＥＮ」と書かれたボタンを押した。蓋がゆっくりと開いたので、体を起こして周囲を見回した。そこはさっき見たディーリンググルームそのものだった。たくさんのコンピューター、点滅するモニターたちが、さきほどと同じように動いていた。唯一違う所は、ユキがいないことだった。俺がボタンを押すときに心配そうに覗き込んでいたユキの姿が見当たらなかった。

「ユキちゃん?」

返事はしない。

俺はマシーンから出ると、ユキを探しに他の部屋を見て廻った。

「ユキちゃん、どこに行ったの」

大きな声で叫んだが返事はなかった。地下、一階、二階。全ての部屋を覗いてみたが、どこにもユキの姿は見当たらない。そもそも灯りがついている部屋がひとつもなかった。日焼けマシーンに入る前は、少なくとも廊下の電気は点いていたはずだ。しかし今は、家中どこにも人がいる気配がしなかった。たった数分の間に、ユキが外出してしまったというのだろうか。

庭も探そうと玄関に行くと、ちょっとした異変に気付いた。

俺の靴がなかった。さらに泥に汚れて畳んで置いた俺のツイードの黄色いジャケットも消えている。俺はポケットの中の自分の所持品を確認する。スマホ、定期入れ、財布、キーホルダー……。財布の中には数千円の現金とカードが入ったままだった。キーホルダーには、自宅のマンション、車の鍵、そして封筒を開ける時に良く使う小型の折りたたみナイフがついている。ジーパンのポケットをまさぐると、さっき押し込んだ鼻血で汚れたティッシュが出てきた。俺が身に着けているもので、なくなっているものはなかった。

逆に言えば、俺が身に着けていなかったものは、全てその家から消えていた。

これからどうしようかと考えたが、まずは警察に行って事情を説明することにした。このまま黙って逃亡していると、あらぬ疑いをかけられてしまう。

外に出ようと思ったが、やはり俺の靴が見つからない。しょうがないので、俺は靴棚の中にあった男性用のグレーの革靴を拝借した。おそらくコムチャット男、つまりユキの父親の靴だろう。コムチャット男は俺と同じぐらいの大きさの足だったらしく、その靴はぴったりフィットした。

鉄製の門を開けて家の外に出た。周囲の閑静な住宅街は、ひっそりと静まりかえっている。遠くで犬の鳴き声が聞こえる。

乗ろうと思っていた自分の車がなかった。あの赤いオープンカーはこの家の前に駐車しておいたはずだが、盗難に遭ってしまったのか、それとも近隣住民に通報されてレッカー移動されたのだろうか。その時、空車のタクシーのヘッドライトが見えた。俺はためらいがちに右手を上げると、タクシーは減速して停車する。

「どちらまで？」

「神奈川県警の本部庁舎までお願いします」

運転手は軽く頷き車を走らせる。

俺は職業柄、腕時計は絶対に狂わない電波時計を使っていた。しかしその時計の針がくるくると回っている。

「運転手さん。今、何時ですかね」

「もうすぐ十二時だね」

そんなバカな。

俺は生放送終わりにM埠頭に行った。もうすぐ夜が白んでもおかしくない時間のはずだ。

「運転手さん、ラジオ、帝都ラジオを点けてもらえますか」

彼は慣れた手つきでカーラジオのスイッチを入れる。

《ここで成宮製菓からのお報せです。成宮製菓では創業五十周年を記念して、期間限定のアイスの『ナリミヤ君50』を発売しました。この『ナリミヤ君50』を十名にプレゼントします……》

俺は夢でも見てるのだろうか。

ラジオから流れてきたその声は、紛れもなく俺の声だった。

しかもそのラジオは、俺の偽者にジャックされた放送ではなく、三日前に俺がしゃべった『ショッキンナイツ』だった。

「運転手さん。今日、何曜日、何日でしたっけ？」

「えっ、今日ですか？　今日は……、火曜日だよ。三月の……」

それは三日前の日付だった。

俺は混乱する頭の中で、その原因を考える。ここ数日来、あまりにもおかしなことが多すぎる。

これでは、自分が三日前にタイムスリップしてしまったかのようだ。

いや本当に、タイムスリップしてしまったのではないのか。

やっぱりあの日焼けマシーンが原因だったのか。

あの日焼けマシーンの「ＥＮＴＥＲ」ボタンを押すと、世界が三日戻ってしまう。いや違う。三日戻っただけならば、今の俺はここにはいない。あの日焼けマシーンのあのボタンを押した俺が、三日前にタイムスリップしてしまったのだ。

二四

「お客さん、着きましたよ」

タクシーの運転手の声で目が覚めた。

腕の時計を見ると、午前零時三十分を示していた。神奈川県警の本部庁舎に行こうかとも思ったが、自分が三日前にタイムスリップしてしまったとしたら、まだあの事件は起こっていないことになる。そうならば警察に行っても意味がない。

タクシー代を払い領収書をもらうと、そこに書かれた日付も二日前のものだった。

マンションのエントランスに入り、ふと右手の駐車場を見る。白いプリウスと青いＢＭＷの向こう側に、俺の赤いオープンカーが見えた。

ポケットの中から鍵を取り出し、マンションの集合玄関のドアを開ける。郵便受けに新聞が見えたので取り出して開いて見ると、前日の三日前の夕刊だった。俺はその夕刊を小脇に抱えて七階の部屋に向かった。

泥と鼻血で汚れたＹシャツを洗濯機の中に投げ込んだ。ズボンのポケットには鼻血で汚れたティッシュの塊が入っていたので、それもゴミ箱に捨てる。

バスルームでシャワーを浴びると、膝や背中の擦り傷切り傷が沁みて涙が出そうだった。

バスタオルで体を拭きトランクスとTシャツ姿で、冷蔵庫の中の缶ビールを取り出しプルを開けて冷えた液体をゴクリと飲んだ。

窓からは、隣のマンションの屋上が見えた。

ふと思い出し、カーテンを全開にして窓ガラスを調べてみるが、そこにひび割れはなかった。念のためひび割れがあった辺りを指でなぞってよく見たが、修復したような跡もない。

その時、俺のスマホが鳴った。

着信を見ると、番組コメンテーターの浜口和人からだった。四回目の呼び出し音が鳴り終わる前に、俺はその電話に出た。

『もしもし、浜口ですが』

「あ、垣島です。お疲れ様です」

『ちょっと面白いネタが入りましたよ』

浜口の口調にただならぬ気配を感じる。

「何ですか」

『電話ではちょっと』

浜口がそう言う時は、相当面白いネタを掴んだ時だ。

『今夜の打ち合わせ、あの有楽町のバーに二時半で良かったんでしょうか』

時計を見ると、午前一時を指していた。もともとこの日は、浜口と打ち合わせをする予定だったことを思い出す。

『垣島さん、できればもっと早く会えませんかね。一刻も早く話したいことがあるんですが』

よほどのネタなのだろう。ますます俺は興味を持った。

「いいですよ」

『じゃあ、恵比寿の私の行きつけの店で会いませんか』

二五

恵比寿の『M』は、多国籍料理のレストランだった。

長細いフロアの手前にカウンター、その奥に半個室のテーブル席が四つあるだけで、こんなところで秘密の話をするのは適していないような気もしたが、かえってその方が怪しまれなくていいと浜口は言った。レゲエのヒットナンバーが流れていたが、客のざわめきや嬌声(きょうせい)でそれもほとんど聴こえない。

「どうも、遅くなってすいません」

俺は片手で拝みながら、半個室の中の浜口の向かいの席に腰掛けた。

「先にやらせてもらっていました」

浜口はワイングラスを片手にそう言った。オーダーを取りに来たスタッフに、俺は生ビールをお願いする。

「アメリカのインテリジェンス筋の情報なんですけどね……」

早速、浜口はネタを話しはじめた。

浜口は数年前までアメリカのシンクタンクで働いていた。ペンタゴンも利用するそのシンクタンクは、軍事を含めてアメリカの国家戦略を研究していて、浜口は今でもその当時の人脈を生かしている。

「東アジアのあの国の独裁者の弟が今、日本にいます」

思いもよらないキーワードが出て来た。

「目的は何ですか」

スタッフが生ビールを運んできた。その瞬間、浜口はしゃべりかけていた口を閉じる。まるでそのスタッフが、どこかの国のスパイだと疑っているようだった。

「一応、観光ということになっています」

浜口はさっきのウェイターを目で追いながら俺に言った。

「そんな重要人物が、この時期に呑気に観光ですか」

「観光ということになってはいますが、目的ははっきりしていません」

「でも待って下さい。あの独裁者に弟なんかいましたっけ?」

浜口は周囲をうかがうと俺に顔を近づけてきた。

「腹違いの弟なんです。母親の出身成分がよくなかったので、今までは伏せられてきましたが、血が繋がっているのは間違いありません」

「そうだったんですか」

「それにひょっとしたら、近いうちにその弟が、新しくあの国のトップになるかもしれませんよ」

「本当ですか」

俺が大きな声を上げると、浜口は人差し指を口の前で立てた。

「あの国の独裁者に、健康不安説が囁(ささや)かれているのはご存知ですよね」

もう一カ月以上も公に姿を現していない独裁者は、心臓に持病があり重篤(じゅうとく)な状態にあるとか、もう既に死んでしまったなどの噂が絶えなかった。

「そもそもあの独裁者が、既に影武者だという噂もあります」

「本当ですか?」

「本当かどうかはＣＩＡでもわかりません。しかし今、あの国の上層部で、何かの異変が起こっているのは間違いありません」

「しかしどうして、その弟が日本に来ているのですか」

「わかりません。しかしこの時期に危険を冒して日本に来るには、それなりの理由があるはずです」

それは浜口の言う通りだろう。下手に発覚すれば国際問題になりかねない。

「そこで、その彼にインタビューするっていうのはどうですか」

「そんなことが、できるんですか？」

それができたら面白い。例え弟だったとしても、謎に包まれたあの国で、今何が起こっているのか訊いてみたい。個人的にも、その人物に急に興味がわいてきた。

「可能性はあります。しかしお金がかかりそうです」

浜口はワイングラスの脚を掴んで、グラスの中の赤い液体をゆっくり回し始めた。

「協力者にそれなりの現金を渡す必要があります」

「いくらぐらいですか」

「百万円ぐらいですね」

俺の顔を見ずに呟くと、浜口は手にしたワイングラスを一口飲んだ。彼もその金額が現実的なものでないことは、薄々わかっているようだった。

とてもじゃないが、ラジオのインタビューで出せる金額ではない。現金というのもハードルが高い。

「弟は明日、舞浜のホテルに泊まるらしいです」

金を用意する算段をあれこれ思い巡らしている俺の思考を、浜口のその言葉が遮った。

「舞浜、やっぱりあのテーマパークに行くんですかね？」

「かも知れません。カモフラージュとするには自然な場所です。そして明後日には、帰国してしまうらしいです。それ以上は金を渡さないと、何ともわかりません」

俺は生ビールのジョッキを傾ける。

明日までに百万円、しかも現金。

「ホテルで張っていれば、一度か二度はチャンスがあります。その時にカメラやマイクを隠しながら接近するんです」

「なるほど」

以前海外ニュースで、その国のロイヤルファミリーのインタビューを見たことがあった。家庭用カメラのような粗い映像で何ということのない内容だったが、当時は一大スクープのように扱われた。

それにしても金が用意できない。明日までに現金で百万円は難しい。

やはり、諦めるしかないか。コンプライアンスがうるさい昨今、そんな使途不明の怪しい金を、会社が出してくれるはずがない。だからといって俺が個人でそんな大金を持っているわけもない。俺の貯金はせいぜい数十万。ＦＸの証拠金を全部解約したとしても……。

俺の脳裏に何かが閃いた。

「浜口さん、金は何とかなるかも知れません。そのインタビューの話進めて下さい」

意外な一言に、浜口は驚いて俺の顔をまじまじと見る。

「本当ですか」

FXならば可能かもしれない。今から仕込めば、百万円ぐらいは作れるはずだ。

俺は腕の時計を見る。

今は水曜日の午前二時だ。FOMCの会議を受けて、今はドル高が進んでいるはずだ。それが今日の早朝のミサイル実験で、一気にドル安にひっくり返る。上手くやれば百万円ぐらいは儲かるはずだ。そもそもそれをやらなければ、俺の口座の証拠金は露と消えてしまう。

二六

浜口と別れマンションに戻った俺は、部屋に戻るとすぐにパソコンの電源を入れた。デスクトップ上のFX会社のアイコンをクリックする。ログイン番号もパスワードもパソコンに記録されているので、すぐにログインボタンをクリックすると、個人の取引ページへと飛んだ。建玉一欄を見ると若干の含み益が出ていた。

俺は持っていたドルの全ポジションを成行決済するべく、取引パスワードを素早く入力し、そのまま取引確認ボタンをクリックした。

〈取引パスワードが間違っています〉

慌てて入力したので、打ち間違えてしまったようだ。俺は大きく深呼吸をして、今度は一文字一文字慎重に確認しながらパスワードを入力する。そして確認ボタンをクリックしようとマウスを握る。

その時、部屋の玄関の鍵が開く音がして、誰かが音を立てて入ってきた。

一瞬空き巣かと思ったが、空き巣が鍵を持っているはずがない。この時間にこの部屋に入って来る人物。それは、俺自身しか考えられなかった。今、この部屋に入ってこようとしているのは、水曜日の深夜にスマホを紛失するほど泥酔してしまった俺だろう。

頼むからベッドに直行してくれ。

心の底から俺は祈った。

洗濯機に汚れ物を投げ込む音がした。しかし足音は玄関の右横のベッドルームには向かわず、一歩一歩、よろめきながらもこちらに向かって近づいている。俺は寝る前にメールをチェックする習慣があった。もしメールをチェックするつもりならば、今、俺が見ているこのパソコンを使わなければならない。急いでパソコンを閉じてどこかに隠れるべきだろうか。

近づいて来る足音は、リビングの手前、キッチンの冷蔵庫の前で止まった。

冷蔵庫から何かを取り出す音が聞こえた。おそらくミネラルウォーターかスポーツドリンクを飲んでいるのだろう。何かを冷蔵庫にしまう音、そして冷蔵庫が閉まる音が聞こえた。あと一歩前に進むと、俺が今いるリビングだ。そのままやって来られたらどこにも隠れる所はない。

俺は唾を飲み込んだ。

しかし過去の俺は喉の渇きを潤して一息ついたのか、足音は廊下を来た方向に戻りはじめた。何度か壁に手を突く音をさせながら、足音はベッドルームに吸いこまれていく。ベッドに何かが倒れ込む大きな音が聞こえ、すぐに大きな鼾（いびき）が聞こえ始めた。

俺はソファに大きく座り直すと、深いため息を吐いた。

壁の時計を見ると、もうすぐ四時になるところだった。

俺は気を取りなおすと、取引確認ボタンをクリックする。すぐに全ポジションが決済された。そして今度はドル円の通貨ペアを選び、「売り」を選択する。そしてレバレッジの上限までドルを「成行」で売った。

「お前、なあにを」

大きな声がしたので心臓が止まる思いでベッドルームの方に耳を澄ます。しかしその後は何も物音がしなかったので、酔っ払いの寝言のようだった。

「びっくりさせやがって」

俺は酔っ払ってつぶれている俺に、悪態をついた。

二七

冷たい風の中、舞浜までアルファ・スパイダーで走った。

マンションを着の身着のままで出て来てしまい肌寒かったので、俺はホテル近くのショッピングセンターで、紺のブルゾンを買った。ついていた値札をキーホルダーについていた折り畳み式の簡易ナイフで切り、早速そのブルゾンを着ることにした。

浜口とは舞浜のホテルのロビーで待ち合わせた。

このホテルは近接するテーマパークが経営するもので、施設内の色々な所にそのパークのキャラクターが描かれていた。今、俺がいるロビーの天井のシャンデリアにも、可愛いアヒルのキャラクターが潜んでいた。

浜口はソファに腰掛け黙って、静かに新聞を読んでいた。チャコールグレーのチノパンに黄色のチェックのカーディガンで、国際政治学者というよりは、休日のお父さんといった風情だった。まだ約束の時間よりは十分ほど早かったが、浜口の前にあったダージリンは、カップに半分ほどしか残っていなかった。

「弟はテーマパークに家族と一緒に遊びに行っていることになっています。もうすぐ昼ご飯を食べに、このホテルに帰ってくるみたいです」

「どうしましょうか」

「ご安心下さい。私の知り合いが今、段取りをつけていますから」

そう言われた俺はソファに深く座りなおして、オーダーを取りにきたウェイトレスにホットコーヒーをお願いした。

「浜口さんの知り合いって、一体何者なんですか」

「それは言えません。海外のインテリジェンス筋とでも思って下さい」

きっとCIAのような諜報機関の関係者なのだろう。そもそもこの浜口こそが、CIAのスパイなのではないだろうか。

「これ、例のお金です」

俺はバッグから百万円が入った封筒を取り出し、浜口に渡した。今朝、独裁国家のミサイルが発射されてドル安になったことで儲けた金だった。

「一応、預かっておきますが、無駄になってしまうかもしれません」

「せっかくお金を作ったのにですか」

「本人はインタビューに応じるつもりだったのですが、想像以上にボディーガードが厳しくて、私の知り合いも苦労をしているようです」

「そうなんですか。独裁者の弟はどの部屋に泊まっているんですか」

「スィートルームのどれかでしょうね」

「その部屋の前を張りましょうか。そして姿を現した時に、突撃インタビューをするというのはどうでしょうか」

「部屋の前には、常時ボディーガードが立っています。私もそこまで警備が厳重になっているとは思っていませんでした。何か突発的な事件が、今あの国の中で起こっているのかもしれません」

浜口の話に耳を傾けながら、俺はロビー内をそれとなく見回していた。

客の大半はテーマパークの観光客だった。日本人が多かったが、アジア系の外国人も少なくない。ロビーには『美女と野獣』のテーマソングが流れていて、廊下を走る子供や楽しそうに話すカップルなど、騒々しくも家庭的な和やかな空気が流れていた。

その中で、俺の目はロビーにいた一人の男に釘付けになった。

場違いのグレーのスーツを着たアジア系のさっぱりとした顔の男。その男の頬に見覚えのある傷があった。

紺のワゴン車に俺を拉致しようとした男だった。その後、M埠頭で俺を銃撃したサングラスの男も、物陰に隠れるようにして周囲をうかがっていた。あの謎のアジア系の外国人コンビがそろってロビーに立っていた。

心臓の鼓動が高まった。

それでやっと事情が呑み込めた。奴らは弟のボディーガードだったのだ。

その瞬間、グレーのスーツを着た男と目が合ってしまったので、俺は慌てて目を逸らした。

しかし二人の様子をうかがってみると、彼らは俺の存在を気にしていないようだった。俺がわざと立ち上がり腕時計を見るふりをしたり、思い切って彼らの視界に入ったりもしたが、俺を気にするそぶりは見せない。

そこまでやって、俺はやっと理解ができた。つまり彼らは、まだ俺と知り合っていないということだった。

今日は水曜日。彼らがユキの家の近くの女子大の前で、過去の俺を拉致しようとするのは明日、木曜日の夕方だ。今後何が起こるかはわからないが、少なくとも今まだこの段階では、二人に俺の顔は知られていない。

ウェイトレスがコーヒーを運んできた。

砂糖とミルクを入れ、スプーンでかき混ぜていると、浜口の携帯に電話が着信し、英語で話しはじめた。

「垣島さん、喜んで下さい。弟と接触できそうです」

浜口は俺の耳元で囁いた。

「相変わらずボディーガードのマークが厳しいらしいのですが、私たちの協力者がそれを引き付けることになりました。垣島さんはその隙に、インタビューを敢行してください」

俺は一応頷いたものの、そんな突撃インタビューみたいなことができるのか不安に思った。

やがてロビー内のBGMが『イッツ・ア・スモールワールド』に代わった時に、独裁者によく似た風貌の小太りの男が子供連れでロビーに現れた。そして人気キャラクターのトレーナーを着た眼光鋭い男が続いて現れる。その小太りの男に頬に傷のあるアジア系の男が近づき、周囲をうかがいながら何かを話していた。頬に傷のあるアジア系の男も、弟のボディーガードの一員であることは間違いない。

頬に傷のある男との話が終わると、小太りの男はトイレに向かって歩いていった。一緒にいた子供は、一人でさっさとエレベーターホールに向かって走ったので、キャラクターのトレーナーを着た男が慌ててその背中を追いかけていった。

俺は浜口を見たが、相変わらず新聞に目を落としている。

小太りの男はトイレから出てくると、そのままエレベーターホールに向かってしまった。頬に傷のある男がサングラスの男に目で合図を送りながら、小太りの男の後を追う。

俺は思わず立ち上がり浜口を見たが、彼は大きく首を横に振った。

「どうして追わないんですか」

思わず大きな声が出た。

「彼は弟の影武者です」

「えっ？」

「彼はテーマパークになんか興味はないんです」

俺には浜口の言わんとすることがわからない。

「さっきの影武者は、ただの子供のおもりです。これからランチを食べにレストランに現れる人物が本物の弟です」

「レストラン？」

「独裁者の弟は日本で生活したこともあり、かなりの食通だと知られています。そもそもこのホテルに泊まったのも、このホテル内のレストランが目的だったと考えています。ミシュランの三ツ星クラスの腕利きシェフを引き抜いたとのことで、そのレストランの料理はかなり美味しいです。そこに本物の弟が現れないはずがありません」

「なるほど」

「そこに彼が現れれば、インタビューの最大のチャンスです。実は我々もそのレストランに予約を入れてあります。ところで垣島さん、収録機材は持っていますよね」

俺はバッグを開けて、購入したばかりの小型のビデオカメラを見せた。

二八

レストランはテーブル席が二十ほどで、早くも三つのテーブルが先客で埋まっていた。奥には三つ個室があり、彼らはその中のひとつを予約しているらしい。ウェイターは窓際の席を案内しようとしたが、俺たちはその個室席の出入りが良く見え、かつ店の出口にも近いテーブル席を選んだ。なんでそんな席をとウェイターは訝(いぶか)しがったが、すぐに本日のメニューを説明しはじめる。俺たちはその中の一番安いコースを注文した。

浜口、俺、そしてエレベーターで一緒になった欧米人の三人は、ビールとソフトドリンクで乾杯した。その欧米人はビルと名乗り、流暢な日本語で自分はアメリカの通信社の特派員だと自己紹介した。

まもなくすると、ロビーで影武者と一緒にいた女が、子供を連れてやってきた。弟の妻、または愛人と思われるその女は、背の高いボディーガードのような男性と談笑しながら中を進んでいく。その彼の後ろに、俺をM埠頭で後ろから撃ったサングラスの男が、周囲を警戒しながら続いていた。痩身で背の低いスーツ姿の男は、ウェイターと二言三言会話を交わし、その一団はウェイターに導かれて個室に入った。

そしてその後、小太りの男が頬に傷のある男と一緒に現れた。

浜口とビルは俺の肩越しに、弟の様子を注意深く観察する。ウェイターが影武者らしい男に話しかけるが、彼は何も答えずにすぐに頬に傷のある男が対応する。やがてその一団も、先に家族が入っていった個室に消えていった。その個室の入口に一番近いテーブルに頬に傷のある男が座り、客を装いながらも周囲を警戒していた。

「今、やってきた彼が本物です」

俺が見た感じでは、さっきロビーで見た男と見分けがつかなかった。

「どうやって見分けるんですか」

「まあ、ほくろの位置とか、耳の形とか、詳しくは言えませんが」

「じゃあやっぱりさっきの男は影武者だったんですね」

「ちなみに今の独裁者の父親には、影武者が四人いました」

「四人も、ですか？」

「本物が重い病気になったときなど、影武者が代わりを務めることはよく行われています。そもそも先代の独裁者は随分前に死んでいて、影武者で誤魔化していた期間の方が長かったという噂もあります」

テーブルに料理が運ばれてきた。

ビーフとオニオンのビール煮込み。

ムール貝の香草パン粉焼きマヨネーズ風味。

チキンソテーとホワイトカレーソース。

初めて口にするちょっと変わった創作料理が続いた。しかしどれも大変美味しくて、食通の弟が食べてみたいと思うのも納得の味だった。

「今回、弟が日本に来た目的を、ビルはどう考える?」

突然浜口に訊かれたビルは、俺の顔をちらりと見る。

「やっぱり各国の情報機関との接触でしょう。日本に来ていることは各国の機関は知ってますから、ただ滞在しているだけでも何かしらの接触はあるでしょう。それを国に持ち帰れば、きっと役に立つでしょう」

ビルはムール貝の身を殻から器用に切り離す。

「それだけですかね」

「しかしひょっとしたら、彼は亡命したがっているのかもしれませんね」

浜口は何も言わずにビルを見る。

「今の独裁者にもしものことがあったならば、次は彼になるかもしれません。もう影武者もいるぐらいですから、それは時間の問題なのかもしれません。しかし母親の出身成分が悪いのにあの国の指導者になるのは、非常に危険なことだと思います。命がいくつあっても足らないかもしれません。家族も連れてきていることですし、この来日中にどこかの大使館に逃げ込むことも考えられます」

その時、遊園地の人気キャラクターがレストランに現れた。

派手に手を振りながらその人気キャラが、ひとつひとつテーブルを訪れ記念撮影に応じはじめていた。レストラン内にどよめきの声が起こる。記念撮影のカメラを取り出す家族、キャラとハグする子供たち、その場にいた子供たちの笑顔がいっせいに輝き出す。大人の男ばかりの俺たちのテーブルにも、その人気キャラクターはやってきたが、どう対処すればいいのか戸惑う俺とは別に、浜口とビルは嬉しそうに人気キャラクターと記念撮影に興じていた。テーブル席を一周りした後、やがてそのキャラクターと付き添いのスタッフは、独裁者の弟がいる個室にも入って行くと、部屋から歓声が湧き起こった。

テーブルにメインのチキンソテーが運ばれてきた。

柔らかい鶏肉がカレーソースの味付けにマッチしていて、あっさりしているにもかかわらず、食欲をそそる味付けになっている。

ビルがトイレに行くと言って席を立った。

「今回の独裁者の弟のネタを、私に持ち込んだのはビルなんです」

俺は頷きながらチキンソテーを口にする。

「そして、帝都ラジオの垣島さんでインタビューができないかと、私に相談してきたのです」

「え、俺を指名ですか？」

浜田はビールグラスをテーブルに置くと、個室に目をやりながらそう言った。

「そうなんです」

「普通、この手のインタビュー企画を持ち込むならばテレビ番組か雑誌です。ラジオ、しかも、垣島さんをインタビュアーに指名すること自体、ちょっとありえない話です」

俺もそう思う。

ラジオでも稀に報道に力を入れている局はあるが、うちは基本的にバラエティ路線だ。間違っても、政治的な利用価値があるような局には思えなかった。

テーマパークのキャラクターがレストランを出て行くと、ウェイターがデザートを運んできた。いちごのシャーベットにクリームが添えられている。

「独裁者の来日目的を、浜口さんはどう考えますか」

デザートを食べながらそう訊ねる。

「全くわかりません」

「このままインタビューをしちゃっていいもんですかね」

「ここは日本だし、我々がそんなに気を使うことはないでしょう。むしろ、私は垣島さんに安くないお金を使わせてしまったことの方が気掛かりです」

「気にしないで下さい」

どうせＦＸでずるして儲けたお金ですからとは言えなかった。

「垣島サン。この後、彼がトイレに立ちます。ボディーガードが一人ついて来ますが、私のスタッフが彼をおびき寄せます。その間にインタビューをして下さい」

返ってくるなりビルが言った。

「トイレの中で、ですか？」

「そうです。垣島さんがトイレに来ることを、独裁者の弟は知っています。場所が場所でも、簡単なインタビューには答えてくれるはずです。ただし、ボディーガードに見つかったら危険です。すぐに中断して逃げて下さい」

「逃げる？　なんか穏やかじゃないですね」

「大事なことは、ボディーガードに見つからないことです。あと放送するのは明後日以降にして下さい」

「それはなぜですか？」

「明日の夜に、彼は日本を離れます。出国する前に彼が日本にいることがわかると、色々面倒なことになるからです」

彼は偽造パスポートで入国している。もしも国内にいることがわかれば、出国の時に逮捕しなければならないのだそうだ。

「わかりました。放送は明後日以降にします」

別にいつ放送しなければならないというネタではない。

「ありがとうございます」

そういうと、ビルはにっこり笑って握手を求めてきた。彼の手はとても大きく、そして意外と柔らかかった。

その時だった。

個室のドアが開き、独裁者の弟がボディーガードを一人連れて出て来た。ビルは俺に目で合図をすると、同時に携帯で連絡を取りはじめる。俺は小型のハンディーカメラの入ったバッグを持って席を立った。レストランを出た独裁者の弟とボディーガードは、そのままトイレに向かって歩いていく。俺は充分な距離を保ちながらも、カメラを回しはじめる。そのままだとカメラが目立ってしまうので、バッグを肩に掛けレンズの部分だけ外に覗かせた。

トイレの前に若い外国人の女がいた。長いブロンドも印象的だが、男だったらそのはちきれそうなバストに思わず目が行くだろう。彼女はスマホで誰かと話していたが、独裁者の弟が近づくとスマホを切って彼に英語で声をかける。

弟は立ち止まりブロンドの女の話を聞いていたが、すぐにボディーガードに目をやった。ボディーガードが彼女との間に割って入ると、彼女は大げさなジェスチャーで今度はボディーガードに何かをしゃべりはじめる。

英語が苦手なのか、ボディーガードは困惑した表情で弟を見たが、彼は黙って一人でトイレの中に入っていった。ブロンド女はボディーガードの手を握るとさらに執拗に語りかけ、俺の方をチラリと見た。

この彼女がボブの協力者らしい。いささか強引なやり方ではあるが、一、二分は時間が稼げそうだ。戸惑っているボディーガードの脇をすり抜けて、俺は独裁者の弟に続いてトイレに入る。

トイレに入ると彼は俺を待っていたかのように、鏡の前で手を洗っていた。俺は彼の左隣に立ちながら、鏡全体がカメラに写るようにバックを持ち直した。

「帝都ラジオの垣島さんですね？」

いきなりそう訊かれて、俺は心臓が飛び出さんばかりに驚いた。

「な、なんで、俺の名前を？」

彼の顔をまっすぐ見る。もはや隠すまでもないと思い、カメラをバッグから取り出すと直接彼に向けた。

「夜にわが国のラジオを聴こうとすると、あなたの番組が混信するんですよ。あなたの番組は、わが祖国にはないタイプの番組ですが、なかなか面白いですね」

微笑みながら彼は言った。

帝都ラジオの周波数は1224キロヘルツ。最近ではなくなったが、昔、帝都ラジオを聴こうとすると、よくその国のラジオ放送が混信した。

出力百キロワットの帝都ラジオは、免許上は関東地方でしか聴こえないAM放送局だ。しかしAM波は夜になると、その電波が遠く北海道や九州など距離と関係なく聴こえる地域が発生する。電離層という電波を反射する上空の層が薄くなるからだと、技術部の同期が教えてくれた。実際にその地域に住むリスナーからメールや葉書も数多く送られてくる。ましてや俺の放送は全国にネットされている。それぞれのネット局が出している電波が、電離層で反射して遠く海の向こうの外国で聞こえることも考えられないことではなかった。

「僕の番組を聴いたことがあるんですか」

今度はしっかり目を合わせて俺は訊いた。

「あなたのしゃべり方は早すぎて、外国人の私には少し聴き取りにくいですね」

表情は硬かったが目は笑っていたので、嘘ではないと俺は確信した。彼もラジオリスナー特有の『お前のことは何でも知っているぞ』と、言わんばかりの目をしていた。

「今回の来日の目的は何ですか」

その瞬間、彼の目から笑みが消えた。

「あなたの国では、今、何が起こってるのですか」

立て続けに質問してみるが、彼の表情はますます強張った。単刀直入に訊きすぎただろうか。もはやリスナーとパーソナリティーの共犯関係はなくなってしまった。

「……ごめんなさい。今はまだ何も言えないんですよ。カッキー」

その時、中の異変を感じたのかボディーガードがトイレに入ってきた。俺は素早くカメラをバッグに隠す。彼は足早にトイレを出ると、レストランに向かって歩き出した。

ボディーガードが、猛獣のような目で睨みつける。

「イマ、ココ、オマエナニシタ」

答え方によっては、瞬殺されそうな視線だった。

俺は何も答えずにトイレを出る。

「チョトマテ。バッグナカミセロ」

ボディーガードが後ろから、しつこく食い下がってきた。ダッシュして振り切ろうと思ったが、体力勝負ではかないそうもない。しかし人目のある所では乱暴なことはできないだろうと思い、俺はレストランに戻った。わざとらしく入口のウェイターに話し掛け、ゆっくりと自分のテーブルに座る。ボディーガードはレストランの入口で苦々しい表情を浮かべながら、携帯で誰かに連絡を取りはじめた。

レストランのテーブルでは、浜口とビルが何も知らないような顔で紅茶を飲んでいた。

「撮れましたか」

浜口が小声で訊いた。

「撮るには撮れたんですが、ボディーガードに気付かれてしまいました」

俺は目で入口のあたりを合図した。

浜口とビルがこちらを睨んでいるボディーガードを確認した。

「そうですか。まあ、見つかってしまったものはしょうがありません。それで、声は録れましたか」

「とてもインタビューとして使えるようなもんじゃないですよ。失敗しました」

「録れなかったんですか？」

「録るには録れましたが、とても使えません」

「声が録れたんですね」

「声？」

「声です。独裁者の弟の肉声です」

「ああ、声。だから録るには録れましたが、本当に二言三言です。重要なことは何ひとつ訊き出せませんでした」

インタビューとしては大失敗だった。うちの番組のリスナーだったという別次元のスクープはあったが、なんだかわからない会話の断片に過ぎなかった。番組的な価値としてはゼロに等しい。こんなもののために、百万円を使ってしまったとは……。

「それはよかったですね。声が録れましたか」

浜口が興奮ぎみにそう言った。ビルもそれを聞いて嬉しそうに微笑んだ。

「ええ。でも本当にたいした事は言ってませんよ」

「いや、何をしゃべろうと弟の声が録れれば大成功です。ちょっとカメラを見せてもらえますか」

ビルがそう言うので、俺はテーブルの下からそっとカメラを手渡した。

「ちゃんと映っているじゃないですか。声もしっかり録音できているし」

ビルはテーブルの下で繰り返し映像を確認し、何度もカメラを操作していた。

「でもインタビューとしては使えませんよ」

俺はため息混じりにそう言った。

「垣島さんは、声紋というのをご存知ですか」

「声紋？」

どこかで聞いたような気もするが、はっきりとした知識はなかった。

「人間の声というのは、声帯や口腔の形が一人一人違っているせいで、全く同じ声の持ち主というのはいないんです。その声の周波数の波形をコンピューターで解析することによって、指紋のようにその人物を特定することができるのです」

そう説明されて思い出した。かつて音声解析の専門家をゲストに呼んだときに、脅迫電話の音声から犯人の年齢や骨格を特定するなど、犯罪捜査に「声」が利用できるという話を聞いたことがあった。

「独裁国家では、しばしば影武者が登場します。国家的なパレードであっても、暗殺を恐れて人前に現れるのは影武者だったりすることがあります。そこで国家の要人を特定するのに、声紋が使われるようになりました」

「そんなに声紋というのは正確なものなんですか」

「正確です。しかも指紋と異なり、声さえ録音できれば解析できます」

「指紋よりはるかに採集しやすいですからね」

どこかでその声さえ録音できればいいだけだ。指紋は素手で触った何かを、回収しなければ調べられない。

「その通りです。独裁国家のニュース映像では、映ってる人物は影武者、しゃべってる人物は本物なんていうこともあります。独裁者の死亡や暗殺が噂された時に、肉声の声明やインタビューが出てくるのは、その声紋によって本人かどうかが特定できるからです。いくら映像が流れても影武者の可能性があるわけで、声がなければその人物が本当に生きているかわからないからです」

浜口とビルは、ただの親切心でこのインタビューに協力してくれたのではないようだった。

二九

レストランを出る時にボディーガードに物凄い目で睨まれたが、周囲の目を気にしてか手荒なことはできなかった。ビルの提案で、俺たち三人は別々の方法でホテルから立ち去ることにした。俺は自分の車で舞浜から都心に、ビルはバイクで一度千葉方面に向かい、浜口はホテルの前からタクシーに乗り込んだ。

ハンドルを握りながら、この後どうするかを考えた。

明日の夜に横浜のM埠頭に近づくと、過去の自分に殺されてしまう。そして独裁者の弟のボディーガードたちのことも、気をつけなければならない。彼らは俺が撮影した独裁者の映像を取り戻すために、横浜の女子大の近くで俺を襲撃したのだろう。

このまま東京近辺にいると、何かと危険な目にあう可能性が高いと思った。

どこか安全な所に逃げるべきではないだろうか。絶対に過去の自分と接触しないどこか、そしてアジア系の二人も追って来れないような遠いどこかがいいだろう。そして明後日以降に、東京に戻ってくればいいはずだ。

俺がハンドルを握る赤いオープンカーは、葛西ジャンクションの陸橋に差し掛かった。都心へ向かう流れに乗るため、車線変更のウインカーを出す。同じように後続の一台のオートバイが、同じように車線変更をするのがバックミラー越しに見えた。

タイムスリップによって俺がこの世界に二人いるのならば、いっそ過去の俺を抹殺してしまったらどうだろう。戸籍上の俺は一人でいいので、うまく死体を処理してしまえばいいのではないか。そんなことも考えたが、それにはすぐに決定的な矛盾があることに気がついた。過去の俺を殺してしまえば、その後タイムスリップすることは百パーセントなく、その瞬間に今の俺も消滅してしまうはずだ。

今の俺が存在し続けるためには、過去の自分にタイムスリップしてもらわなければならない。逆に過去の自分がタイムスリップして、今の俺が明後日以降まで生き延びればその矛盾は解消される。タイムスリップして消えてしまったユキを見てからは、今やもう一人のユキの前に、「双子の親戚」が現れなくなってしまったのと同じことだ。

木場が近づくと徐々に交通量が増えだした。俺はカーステレオのスイッチを入れると、スカ風にアレンジされたＪポップのヒット曲が流れ出す。

このまま自宅に戻るのは、過去の自分と鉢合わせる可能性もあるので、得策ではないと思った。

タイムスリップのことがわかるまでは、俺は今の俺のことを嫌悪していた。もしもＭ埠頭に行かなかったとしても、どこかで出会ってしまえばトラブルになることは間違いない。ならばどうやっても過去の自分が接触できない遠くに移動してしまえばいいだろう。

高速の緑の看板の「羽田」の文字が目に入った。

飛行機でどこかの地方都市に飛び、物理的に東京に帰って来れない状況にしてしまって明後日を待つ。明日の午後に過去の自分はユキの家に行くはずだ。その時に過去の自分をタイムスリップさせてしまえば、今の俺を殺害することもなくなるはずだ。

羽田に行ってみよう。

俺は車線を変更すると、羽田空港に向かって車を走らせた。

三〇

平日の夕方、羽田空港は乗降客で混みあっていた。

出発・到着を伝えるアナウンスがひっきりなしに流れている。今日は天候がおだやかで、フライトも順調なようだった。

とにかく遠くへ、そう思いながらＡＮＡのカウンターにやってきた。

大阪、福岡、札幌などの大都市のフライト以外は、北は稚内、南は沖縄の離島まで、充分に席は残っていた。行き先はどこでもいい。とにかく遠く東京から離れられればそれでよかった。

それでもどうせ行くなら、楽しそうな所へ行きたい。

北海道か沖縄か。少し迷ったが俺は沖縄行きのチケットを購入した。ホテルは現地に着いてから探せばなんとかなるだろう。海でも見ながら酒でも飲んで、明後日の朝に東京に戻って来なければいいだろう。俺はカメラの入ったバッグとともにセキュリティー検査を済ませ、出発ロビーにやってきた。

搭乗時間までまだ少しあったので俺は出発ロビー内の喫茶店に入り席に座った。売店で買った今日発売の漫画雑誌を読みながら、フライトまでの時間をつぶそうと思っていた。

漫画雑誌を開いた瞬間、俺は失敗したことに気がついた。

毎週水曜日発売のその漫画雑誌は、確かに今朝発売したばかりのものだったが、俺はマルトモタクシーに向かう電車の中で、その中身を全て読んでしまっていた。しょうがないのでストーリーがわかってはいたが、その漫画をもう一度読み返した。そしていよいよ搭乗口に移動しようかと思った時だった。

《ANA139便・那覇行きは整備のために出発が遅れます……》

俺の乗るはずの那覇行きの便が、遅れることを告げるアナウンスが流れた。

出発ロビーのモニターを確認すると、他のフライトがきれいに時間通りに飛んでいる中、謀ったかのように俺が乗るANA139便だけが『DELAY』の表示になっていた。しかし、フライトが中止になったわけではなく、スタッフに問い質しても、「機体に異常が見つかったらしくて現在整備中です」とのことだった。

もう一度ロビー内の喫茶店でコーヒーを飲みながら待っていたが、三十分たっても一時間経っても、那覇行きの便は整備中らしく運行する見込みがない。しかしその一方で、他の全ての便は、順調に大空へ飛び立って行く。

さらに三十分がたったが、それでもＡＮＡ１３９便は復旧する見込みがたたなかった。もう一度スタッフに訊ねると、「機体に原因不明の異常が見つかり、今日は飛ばない可能性もあります」とのことだった。ならば別にどうしても沖縄に行かなくてはいけない理由があるわけではない。それよりもこのままここに足止めされて、東京から離れられないほうがよほど困る。

俺は沖縄行きのチケットをキャンセルした。

南でケチがついたんで今度は北だ。ＡＮＡ４７３９便、最終の札幌行きのチケットを購入する。もう一度セキュリティーを抜け、出発ロビーに戻ってきたとき、俺が乗るはずだったＡＮＡ１３９便・沖縄行きが、大空に飛び立っていった。そして今度は、俺が乗る予定のＡＮＡ４７３９便・札幌行きの遅れを掲示板が示していた。

これは飛行機が飛ばないんじゃなくて、俺が遠くに行くことを阻止しようとする何か見えない力が働いてるのではないか。

それから何時間経っただろうか。ＡＮＡ４７３９便以外の全ての飛行機が飛び立って、出発ゲートが寂しくなってきた。そして俺が乗るはずだった４７３９便が原因不明の機体トラブルのため、本日は欠航となったことを告げるアナウンスが聞こえてきた。今日の所は諦めるしかない。M埠頭で俺が殺されるのは明日の夜だから、それまでに東京を離れられれば問題はないはずだ。しかし、明日もう一度ここに来ても、俺の乗る飛行機だけは飛ばないような気がしてきた。

飛行機は止めよう。

新幹線も同じことが起きるかもしれない。自分の意志ではどうしようもない公共交通機関はあてにならない。

自分の車で移動しよう。

チケットを払い戻した俺は、赤いオープンカーがある駐車場に戻る。車に乗って東名をひたすら西へ行こう。早く確実に東京から遠ざかるには、それが一番だと思った。明日の夜までに、物理的にM埠頭に戻ってこれないところまで行けば、過去の自分に殺されることはないはずだ。

三二

俺はハンドルを握りながら、どのルートで西に向かうかを考えていた。

空港中央から高速に乗り、湾岸線をそのまま下って横浜へ、そして東名横浜から名古屋に向かってひたすら西へ走る。普通ならそのコースを選択するが、横浜を通るとM埠頭に近づいてしまうことが気になった。ならばいったん都心に迂回して、用賀から東名に乗ろう。東名横浜から名古屋に向かえば、横浜のM埠頭に近づくことはない。

高速に乗って湾岸線を横浜方面とは逆に都心に向かう。湾岸線をアルファ・スパイダーは快走し、浜崎橋ジャンクションまではあっという間だった。しかし汐留方面の車と合流するこのジャンクションには、赤いテールランプがうんざりするほど光っていた。半クラで発進、ギアチェンジでセカンド、クラッチを繋いだらすぐブレーキを踏みまたギアをファーストに戻す。マニュアル車のこの繰り返しが本当に面倒だ。

高速の上の電光掲示板が事故情報を伝えていた。カーステレオをラジオに切り替え、交通情報に耳を傾ける。

《首都高渋谷線が事故で渋滞です。トラックが横転し上下線ともに谷町ジャンクションから池尻の間が渋滞になっています。その影響でその他の高速、一般道ともに渋滞が激しくなっています。四号線は……》

渋谷の手前で事故があったようだ。一般道で行った方が早そうだが、芝公園で下りて一号を下って環八に行こうか。それとも谷町ジャンクションまでこのまま行って目黒線に出るか。

俺は目黒線に出る道を選んだ。俺のマンションが目黒通り沿いにあったから、それならば土地勘もある。ついでにマンションに寄って着替えだけでもするか。いやどうせならマンションで小休止して、渋滞が収まった深夜に出発した方がいいのではないか。今日はこの後、伊沢監督と会合があるから、水曜日の夜から木曜日の早朝まで過去の自分は帰って来ない。

帰省シーズンでもないこの時期に、深夜に東名が渋滞になることは考えられない。このまま車内でイライラするより、一回マンションに戻って出直したほうが精神的にも良いだろう。俺は車線変更のウインカーを出すと、隣を走るワンボックスカーが道を譲ってくれた。気のせいか前後の車の進み方が、少しだけ早くなったような気がした。

三二

都立大前駅近くのマンションの駐車場に、赤いオープンカーを滑り込ませた。サイドブレーキを引きキーを捻ると、ため息をつくようにエンジン音が止んだ。

時計の針を見ると、十一時を過ぎていた。眠くなるには早い時間だが、俺はタイムスリップする前からずっと起きているので、二日近く寝ていない計算になる。過去の自分が帰ってくる前に、シャワーを浴びて一、二時間だけベッドに横になろうかとも考えた。

エントランスを通り抜けると、管理人室に黒縁眼鏡をかけた小太りの管理人の顔が見えた。俺は軽く会釈をして、その部屋の前を通り過ぎる。

エレベーターホールで「上り」のボタンを押す。

しかしタッチの差でエレベーターは上がってしまい、階数の表示が2から3、そして4へと上がっていった。手持ち無沙汰にしていると、郵便ポストに目が行った。中には夕刊が入っている。

東アジアの独裁国家の記事は載ってないだろうか。

ダイヤル式のキーを合わせて扉を開け、夕刊を取り出し一面を見た。二・三面、社会面……、夕刊を斜め読みする。しかしあの国に関する新しいニュースは載っていなかった。ベタ記事も含めてもう少し詳しくチェックしようと思っているところに、エレベーターが降りてきた。

いちゃつく若いカップルを乗せてエレベーターが降りてきた。彼らと入れ替わりでエレベーターに乗り込んだ。部屋に着くとリビングの照明を点けて俺はソファに座り、もう一度夕刊を細かくチェックする。

やはりあの国に関する記事は見つからなかった。俺は夕刊をテーブルに放り投げる。

シャワーを浴びながら、俺は舞浜のホテルのトイレでの出来事を思い出す。

どうして独裁者の弟は、俺にインタビューをして欲しかったのか。

あの国では、帝都ラジオの俺の番組が聴けると言っていた。俺の番組に出演して、何かを本国に伝えたかったのだろうか。それとも日本の誰かに、何かのメッセージを残したかったのか。

浴室から出て、トランクスとTシャツ姿のままリビングに向かう。ソファに座りテレビを点けようと、リモコンのスイッチを取ろうと前かがみになった時だった。

ガラスが割れるような音とともに、何か小さなものが俺の頭上をかすめていった。それはフローリングの床に跳ね返り、部屋の隅にころころと転がっている。俺は部屋の隅に行き、その転がっているものをまじまじと見る。先が尖った小さな金属のようだった。

それがなんだかわかった時、俺は恐怖で背筋が凍った。

慌てて廊下側に移動して、部屋の灯りのスイッチを切る。そしてもう一度、その小さな金属に近づいてよく見ると、俺の心臓の鼓動が一気に早まる。

その小さな金属は、銃弾だった。

銃弾が飛び込んできた窓の方向を見る。薄手の緑のカーテンに小さな穴が開いていた。そのカーテンのせいで窓の向こう側は見えないが、外から見たらそのカーテンに俺のシルエットが映っていたのだろう。リモコンを取ろうとして前かがみになっていなかったら、その銃弾は俺の頭に命中しているところだった。

ゆっくりと床を這いながら窓際に近づく。銃弾が打ち込まれた窓から一番遠いガラスのカーテンを少しだけずらして外の様子をうかがった。向かいのマンションの屋上に、黒いライダージャケットを着た男が、長い銃のような物を構えている。銃らしき物の先に長いものがついていたが、おそらくそれはサイレンサーなのだろう。

そのライダージャケットの男には見覚えがあった。

舞浜から羽田に行くあたりまで、俺の車の後をずっと一台のオートバイがついてきていた。そのオートバイに乗っていた男が、同じような黒いライダージャケットを着ていたことを思い出した。途中でいなくなったので気にしなくなったが、どうやら尾行されていたらしい。

ライダージャケットの男が、窓の外の様子をうかがっている俺に気付き、持っていた長いものをこちらに向けた。

俺は大きく飛び跳ね窓際から離れたが、慌ててカーテンをひっかけて部屋が丸見えになってしまった。カーテンはゆっくり大きく揺れながら、そしてやがて元の位置に静止する。

その時、俺の背後で大きな音がした。

後ろから撃ち込まれたと思ったが音が違った。スマホの呼び出し音だった。スマホに近づこうとしたが躊躇する。今、マンションの向こう側から狙いをつけている奴からの電話ということはないだろうか。俺がスマホに近づいた瞬間に、スマホのわずかな光を目印に銃弾を打ち込む。そんな疑念が頭を過(よぎ)る。五回、六回……、電話の呼び出し音が続き、諦めたのか十回目に呼び出し音が切れた。俺はゆっくりスマホを取りに近づいた。

スマホを掴もうとした瞬間にもう一度呼び出し音が鳴り、飛び上がらんばかりに驚いた。六回、七回……、俺はそーっと携帯に近づき、それを掴んで素早くキッチンの陰に身を隠した。

ディスプレイで、それが浜口からの電話であることがわかり、ほっと胸を撫で下ろす。すぐに通話ボタンをタップする。

「垣島です」

『あー、もしもし、垣島さん。今日はお疲れ様でした。インタビューが途中で打ち切られたんで、取材協力費を百万円じゃなくて五十万円までディスカウントしてもらうことに成功しました』

「浜口さん。それどころじゃありません」

『おや、どうしましたか』

「今、マンションの向こう側から、僕は銃で狙われています」

『ええ、そうなんですか』

「既に一発、銃弾を撃ち込まれました」

電話の向こうで、英語でなにやら相談する声が聞こえた。

『垣島さん、今、マンションですね？』

「はい」

『カーテンは閉まってますか』

「ほぼ閉まっています」

『そうですか。絶対に部屋の灯りはつけないようにして下さい。彼らはシルエットだけで狙撃してきますから』

できればもっと早くその情報を知りたかった。

『絶対に、そこから出ないようにして下さい』

「はい、わかりました。しかし、彼らの目的は何ですかね？」

『目的ですか』

「そうです。俺の命まで狙ってくる彼らの目的は何でしょうかね？」

どうやら浜口はビルと一緒にいるらしく、電話の向こうで英語でやりとりをするのが聞こえた。独裁者の弟のインタビューを撮ったのは事実だが、いくらなんでもこんな目に遭うとは思わなかった。

『考えられることは三つあります。まずひとつめは、今持っているビデオカメラの中身でしょう。あのインタビュー映像を奪回しにやってきた』

「なるほど」

『あとは単純な脅しということも考えられます。これ以上、我々の周辺をかぎまわると命の保障はないという意味ですね』

俺は黙って浜口の説明に聞き入っていた。

『そして三つめは、垣島さんのことをスパイか何かと勘違いしているのかもしれません』

「ス、スパイですか？」

スパイはあなたたちだろうと、喉の先まで出かかった。

『その場合は垣島さんを拉致して拷問にかける可能性があります。もちろん生命の危険も伴いますので、充分に注意して下さい』

「わかりました。それで僕はこれからどうしたらいいでしょうか」

『今はとにかく部屋にいて下さい。これからビルと一緒に垣島さんのマンションに向かいます。彼らは複数人数で部屋をマークしているかもしれません。だからくれぐれも窓際に近づくのは止めて下さい。あと誰かが尋ねてきても、絶対に部屋には入れないで下さい』

「わかりました」

『あと一日の辛抱です。独裁者の弟のボディーガードたちは、明日の夜には弟ともに日本を離れますから、そうなれば垣島さんが命を狙われることはなくなるでしょう』

近くに着いたら連絡を入れると言って浜口の電話は切れた。

俺は窓の外を警戒しながら、浜口が来るのをじっと待った。しかし暗い部屋の中で何もせずにいると、疲労のせいで睡魔が襲ってきた。

ついうつらうつらしてしまったが、玄関から聞こえた物音で目が覚める。

誰かが鍵を開けようとしていた。

ビルと浜口が助けに来てくれたのかと思ったが、それならば直接部屋に来ないでスマホで俺を呼び出すはずだ。そもそも彼らはこの部屋の鍵を持っていない。

時計を確認すると、日付が変わり木曜日の午前二時を過ぎていた。過去の俺は伊沢監督と『雪月花』でまだ飲んでいるはずで、その後監督の行きつけのバーで飲むはずだから、このマンションに帰ってくるには早すぎる。

そうなるとこの部屋の鍵を開けようとする人物は、あと二人だけ考えられる。

一人はこのマンションの管理人だ。ライダージャケットの男に脅されて、俺の部屋の鍵を開けようとしているのだろうか。そもそも管理人から鍵を奪い、ライダージャケットの男自身が開けようとしているのか。

そしてもう一人、この部屋の鍵を開けられる人物がいる。それは俺の婚約者の麻希だった。マンションに入居したときにもらったスペアキーは、麻希に渡したままだった。昨日の夜に、スマホに彼女から着信履歴があったことを思い出す。何かの用事があって、このマンションを訪れたのではないだろうか。

そんな考えを巡らせているうちに、鍵が開く音がした。

どこかに身を隠さなければならないと思った俺は、一瞬ベランダに逃げることを考えたが、まだ向かいのマンションの屋上にライダージャケットの男がいたら、まんまと狙撃されてしまう。

　ゆっくりとドアが開き始める。

　俺は咄嗟に灯りの点いていないトイレに入り扉を閉めた。トイレは玄関とリビングを結ぶ廊下の中間にあり、侵入者がリビングに行ってくれれば、その背後でそっと玄関へ逃げることができる。

　靴を脱ぐ音がドア越しに聞こえる。決して素早い動きではないが、無駄のない感じだった。靴を脱いだ後は、玄関からあがりかまちに足を踏み出したようだ。俺は暗いトイレの中で、中腰のまま息を潜める。

　一分ぐらいは大きな音はしなかったが、やがて一歩、二歩……と、足音が近づいてくる。周囲を警戒しているような歩き方にも聞こえる。

　そしてまた一歩、二歩と、かなりゆっくりとした足取りだった。侵入者は一人のようで、その足音は真っ直ぐ俺が隠れるトイレの方へ近づいてくる。話し声は一切しないので、それが男性なのか女性なのかもわからない。

　足音は、俺が隠れているトイレの前でピタリと止まった。

　トイレの鍵は閉まっていない。今から鍵を閉めようかと思ったが、そんなことをすれば、自らここに人がいることを知らせるようなものだった。それにこんなところに篭城したところで、侵入者がライダージャケットの男だったら、扉の向こうから撃ち込まれてお終いだ。

早くリビングの方へ行ってくれ。俺は心の底からそう願った。

次の瞬間、トイレの灯りが点いて目の前の扉が開いた。

万事休す。俺は体を硬直させ、思わず目を瞑った。

「あ、すいません」

そう言ったのは、扉の向こうにいた人物だった。

右目を細めて正面を見る。そこには俺と同じぐらいの年齢の男が立っていた。その男の顔をよく見ると、まさに俺そのものだった。

「そうかそうか」

男はそう言うとトイレの扉を閉めた。そして何事もなかったかのように、リビングの方へ歩いて行く音がした。

俺はへなへなと便器の上に座り込んだ。

あれは誰だ。

多分、過去の自分なのだろうが、この時間は伊沢監督と飲んでいるはずだったのではないだろうか。どうしてこんなに早く帰ってきたのだろう。俺がタイムスリップしたことで、過去の何かが変わってしまったのだろうか。

しかしいつまでも、便器の上で座っているわけにはいかない。俺はゆっくりトイレの扉を開けて廊下に出た。そして物音を立てないように注意しながら、リビングの様子をうかがった。

もう一人の俺はひどく酔っ払っているようで、俺の様子を気にする素振りは微塵もない。さらにあきれたことに、ウイスキーボトルを取り出して一人で飲みはじめていた。そしてソファに座ると、ぐったりとした表情で物思いにひたっている。

その時、ポケットの中のスマホが鳴った。

『今、垣島さんのマンションに車で向かっています。近くに行ったらまた電話します』

浜口からだった。「了解しました」と答えて電話を切り、俺はそっと窓際に近づき外の様子をうかがった。ライダージャケットの男は、まだ向かいのマンションの屋上にいて、こちらの様子をうかがっている。

その瞬間、急に部屋が明るくなった。

ソファに座っていたもう一人の俺が、リビングの灯りを点けてしまったのだ。ライダージャケットの男は素早く反応してこの部屋に向かって銃を構える。俺は壁にある蛍光灯のスイッチに飛びつき灯りを消した。

さっきまで俺が覗いていた窓際の辺りで何かが弾ける。窓ガラスが砕ける音と、部屋の中に小さな金属が撃ち込まれた音がした。

蛍光灯のスイッチを切った後、俺は部屋の奥で伏せていた。頭を床につけてじっとしていたが、窓から弾丸を遮蔽してくれるものは、緑色のカーテン一枚だけだった。目の前には、最初に打ち込まれた銃弾が転がっていた。

俺よりも、もう一人の自分の方が危険だった。

灯りは消したので外からは見えないが、さっきまでいたソファの位置を目安に撃ち込めば、簡単に射殺できてしまう。俺がここで助かっても、過去の自分が殺されてしまったらやっぱり今の俺も消えてしまうのではないだろうか。俺はもう一人の自分の様子をうかがった。

あきれたことに、彼は眠りこけていた。

リビングのソファに横になり、大きな寝息を立てていた。窓の向こうから命を狙われていることなど、微塵も感じていないのだろう。

その時、俺のスマホが鳴った。

『今、垣島さんのマンションの下に着きました。狙撃者に気付かれずに、この車のところまで来ることができますか？』

浜口からだった。

俺はもう一度窓際に近づき外をうかがうと、ライダージャケットの男は携帯で誰かに連絡をしているようだった。階下の道路に目をやると、ランドクルーザーがハザードランプをつけて停車している。

「車を確認しました。その場所は撃たれる危険性があるので、マンションの裏側に回って下さい」

『了解です』

「今から下に降ります。車に飛び乗りますのでよろしくお願いします」

ライダージャケットの男がいるマンションとは反対側の玄関の扉をそっと開け、外の様子をうかがった。特に怪しい人影はない。こちら側には高いマンションもなく、玄関から出て行く俺を監視できそうな場所もなさそうだ。

尾行されていた時と少しでも違う格好をしようと思い、クローゼットの中を探すと暫く着ていないモスグリーンのパーカーがあった。下はジーンズを履いて、財布やスマホ、そして鍵などがついたキーホルダーをポケットに突っ込んだ。そのまま脱出してしまおうかと思ったが、中にいるもう一人の自分が気になった。

リビングに戻ると、もうひとりの俺は相変わらずソファで熟睡している。このまま俺がうまく逃亡できたとしても、部屋の中のもう一人の自分は残るので、不容易に窓際に近づけば射殺されてしまうかもしれない。

俺は彼の両脇に手を入れて思いっきり持ち上げる。

自分で思っているよりも俺は体重があるらしく、持ち上げようとした自分は予想以上に重かった。泥酔してだらりとした自分を引っ張っていると、まるで死体を運んでいるような気分になった。なんとか部屋の奥まで移動させることができた。ソファに座っているよりは大分ましだが、それでも向かいのマンションから遮るものは、カーテン一枚しかない。もう少し安全な所はないだろうか。

背後の押入れの襖を開けてみる。下段のスペースに、体育座りをすれば人が一人ぐらい入れそうな空間があった。置かれていた掃除機を取り出して少しスペースを広げ、そこにもう一人の自分を押し込んで襖を閉めた。

俺はビデオカメラの入ったバッグを持って、もう一度玄関に向かう。そっと扉を開けて、再度怪しい人影がないことを確認する。怪しい人影はなく、異常な音も聞こえない。俺は外に出てマンションの鍵をロックして、背をかがめながらエレベーターホールに向かう。玄関とエレベーターホールは、ライダージャケット男がいる方向からは死角だった。俺は「下り」のボタンを押すとエレベーターが上がってくるのをじっと待った。

上がってきたエレベーターに乗り込んだ。エレベーターホールは死角だが、エレベーター自体は丸見えだった。俺はライダージャケットの男に見つからないように屈みながら「一階」と「閉」のボタンを押す。

エレベーターが一階に着き管理人室の前を中腰で通り過ぎると、黒縁眼鏡の管理人が不審そうな表情でこちらを見ていた。それを無視して先に進むと、マンションの裏に停車していたランドクルーザーが目に入った。周囲に怪しい人影はない。俺が車を目掛けてダッシュすると、車のドアを開けてくれる浜口が見えた。素早く乗り込むと、ドアが完全に閉まる前に車は走り出した。ビルが緊張した面持ちでハンドルを握っている。脇道から目黒通りに出た。ライダージャケットの男に気付かれずに無事に脱出に成功したと、その時は思った。

しかし深夜の二時過ぎにエレベーターが上下するのを、プロの狙撃手が見逃すはずがなかった。俺たちの車の後ろを、一台のオートバイが追って来るのが見えた。そのバイクは、あのライダージャケットの男が運転していた。

深夜とはいえ交通量の多い目黒通りだ。俺たちの車とバイクの距離はみるみるうちに詰まってきた。ハンドルを握るビルは車線変更などをして、少しでも速く前に進もうとするが、この状況では車はバイクに敵わない。

目の前に環状線との交差点が見えてきた。

信号が黄色から赤に変わる。環状線で信号待ちをしていた車が動き出した。ここで停まったら、バイクに完全に追いつかれてしまう。バイクはもう車の後ろ数メートルのところまで迫っている。浜口が英語で何か叫ぶと、ビルは思い切りアクセルを踏み込んだ。車は跳ねるように前に飛び出し、クラクションを大音量で鳴らしながら、猛スピードで交差点に突っ込んだ。

三三

「いやー、危ないところでしたね」

浜口が紅茶を飲みながら笑顔を見せる。

右から来たタクシーと左から来たトラックが急ブレーキを踏み、その結果できたわずかな隙間をすり抜けて、俺たちが乗ったランドクルーザーは交差点を突破した。後続のバイクは立ち往生し、結果的にその追跡から逃れることができた。

「ビルもいざというときは、大胆なことをしますね」

照れているのか反省しているのか、ビルが苦笑いをする。

車は様々な脇道に入りながら、世田谷にある浜口の事務所に到着した。地下の駐車場で車を降り、暗証番号を押してからエレベーターホールに入り、さらに十五階の浜口のオフィスの二つの鍵を開けて、俺たちはやっとオフィスで落ち着くことができた。

「あそこまで執拗に、彼らが垣島さんに執着したのは意外でしたね」

俺が撮った独裁者の弟のインタビューは、彼らの逆鱗(げきりん)に触れてしまったようだった。とんでもない国際諜報事件の渦中に巻き込まれてしまったのか。

「一体、何が起きてるんですか」

「私たちにもよくわかりません」

浜口は紅茶のカップを置いて、両手を広げてそう答える。

「今回のインタビューは独裁者の弟の側近から提案がありました。しかし、彼の周りにいるボディーガードたちは、彼を警備する以上に彼の監視のためにつけられているようですね。ボディーガードといえば聞こえはいいですが、単に彼らに見張られているだけで、いざというときには暗殺されてしまうかもしれません」

ビルが流暢な日本語でそう言った。

「どうして俺を殺そうとしてまで、彼らはあのインタビュー動画に執着するんでしょうか」

俺の質問に、ビルは大きく腕を組んで考える。

「あの弟が本当に、あの国の次の指導者になるのかもしれません。そうなると彼の声紋を奪還しないと、影武者作戦が使えなくなってしまいますからね」

浜口の目がキラリと光る。

「それは面白い推理ですね。そうなると我々は、何が何でも彼の声紋を守り通さなければなりませんね」

三四

セキュリティー抜群の浜口のオフィスで、俺は久しぶりに熟睡した。目が覚めたときには、時計の針は午後二時を回っていた。ライダージャケットの男から逃げられたこと、そしてスクープになるかもしれないインタビュー動画が守れたことでちょっと安心をしていた。

しかしすぐに解決しなければならない大きな問題を思い出した。

それは過去の自分を、今の自分を殺さずにどうやってタイムスリップさせるかだった。過去の自分に殺されることを防ぐのは簡単にできる。このまま明日の朝まで、ここでじっとしているだけでもよかった。しかしそれでは、過去の俺はタイムスリップしないので、今の俺は消滅してしまうのではないか。

今から過去の俺に会いに行って、懇切丁寧に事情を説明すればいいのだろうか。しかしいきなり未来から来た自分だと言って、過去の俺が大人しく話を聞くだろうか。睡眠薬を使って眠らせて、強引にあのマシーンに乗せてしまうことも考えた。しかしいずれの方法も、過去の自分が納得してくれないと上手くいかないだろう。

さらに色々考えを巡らしていたら、急に腹が減ってきた。よくよく考えると、昨日の舞浜のホテルのランチ以降きちんと食事をしていなかった。ビルも浜口もいなかったので、俺は気分転換と栄養補給のため浜口のオフィスを出た。入るには厳しい浜口のオフィスだったが、出るのはとても簡単だった。散歩がてらに近所を歩いていくと、ファミレスのチェーン店の看板が目に入った。

店内に入ると、子供を連れた主婦たちや遅めの昼食をとる作業着の男たちで、店内はそこそこ混んでいた。俺はハンバーグステーキとアイスコーヒーを注文した。

料理が運ばれてくる間に、俺は再び考える。

このまま俺が何の行動をしなくとも、過去の自分はタイムスリップをしてくれるだろうか。過去の自分は今日この後に、横浜のユキの家に行く。その時はタイムスリップをしなかったが、その後M埠頭に呼び出され、俺を殺害した後にもう一度ユキの家に行きタイムスリップをするはずだ。

俺が過去の自分をM埠頭に呼び出さなければ俺は殺されないはずだが、それで本当に問題が解決されるのだろうか。その場合、今の俺はどうなるのか。そして命がけで守ってきたインタビュー動画はどうなるのか。

一番理想的なのは、今日の午後に最初にユキの家に行ったときに、過去の自分をタイムスリップさせてしまうことだ。最初にユキの家に行ったとき、あの日焼けマシーンのような機械の「ＥＮＴＥＲ」ボタンを押してしまえばよかったのだ。そうすれば夜にM埠頭には行けないから、今の俺を殺すことはないだろう。

初めて俺があのマシーンに横たわったとき、俺の心の中では恐怖心と好奇心が混在していた。しかも好奇心の方が、少しだけ勝っていたような気がする。あの時ちょっとしたきっかけさえあれば、俺はあの「ENTER」ボタンを押していたはずだ。

黄色いエプロンを着たウェイトレスが、ハンバーグステーキを持ってきた。デミグラスソースの香ばしい匂いが嗅覚を刺激する。一気に肉片を頬張るとジューシーな味が口全体に広がった。一気に食欲が湧き出して、俺の思考が一気に鈍った。無我夢中でナイフとフォークを動かして、あっという間に目の前の料理は俺の胃袋の中に収まった。

食後のアイスコーヒーが出された時、時刻は三時を回っていた。

どうやったらあの時の自分に、あのマシーンのボタンを押させることができるだろうか。特にいい考えも浮かばず、時間だけが刻々と過ぎていく。こんな所でゆっくり飯を食べてる場合だろうか。今からでもユキの家に行って、強引に過去の自分をあのマシーンに押し込むべきだとも思ったが、今から横浜に向かっても間に合わない。

アイスコーヒーを飲み干すと、俺は会計を済ませてファミレスを出た。

そして最近では滅多に見かけなくなった公衆電話を探した。浜口に何も言わずに出てきてしまったので、とりあえず電話を入れておこうと思ったからだ。『スマホは盗聴されているかも知れないので、連絡はなるべく公衆電話を使うように』と言われていた。

スマホの発信履歴から浜口の事務所の電話番号を探そうとした時に、０４５で始まる未登録の番号が目に入った。

誰の番号だったただろうか。

すぐにそれがユキの家の番号であることを思い出した。電話ボックスの中で、俺はしばらく考えた。そして公衆電話の受話器を取ると、十円玉を一枚入れて０４５からはじまるユキの自宅の番号をプッシュした。

受話器から呼び出し音が聞こえてくる。

今、過去の自分はちょうどユキの家にいるはずだ。だから直接電話で、彼にマシーンの「ＥＮＴＥＲ」ボタンを押すように説得してみればいいのではないか。あとは言い方の問題で、嘘をついて言いくるめた方がいいか、それとも本当のことを話して説得するか。

あの時、俺はもう一人の自分が存在することを、不気味だと感じながらも信じてはいなかった。そのもう一人の俺から電話があって、タイムマシーンのボタンを押せと言われれば、かえって警戒されるような気もする。

謎めいた必要最低限のメッセージを言ってみようか。

「とにかくボタンを押せ」

そうとだけ言ってすぐに電話を切る。確かにボタンを押したくなる気持ちは高まるだろう。しかしもっと決定的に押したくなる言葉はないだろうか。

「そのボタンを押せば、一大スクープが手に入る」

スクープという言葉を聞けば、俺の好奇心は否が応でも刺激される。これは行けるのではないだろうか。

しかしなかなかユキは電話に出てくれない。五回、六回、七回……、もう、過去の自分はユキの家を出てしまったのだろうか。呼び出し音がさらに三回鳴った時、受話器を取る音とともにユキの声がした。

『もしもし』

「もしもし、カッキーはまだいるかな？」

『ええ、いますけど……』

間に合ったようだ。後は上手く説得すればなんとかなる。

「今すぐ、この電話に代わってもらえるように伝えてくれませんか？」

俺の電話を怪しみながらも、ユキが過去の自分を呼びに行った。『どなたですか』と尋ねられたらなんと答えようがなかったので、ユキの警戒心のなさに救われる。

財布を取り出して追加の小銭を探す。五円玉や五百円玉はあったが、百円玉がなく十円玉も一枚しかなかった。その一枚を公衆電話機に投入する。さっきと合わせて二十円、その時間内に説得できるだろうか。

その時、公衆電話のボックスの外にシルバーのワゴン車が停車した。側面の窓に目隠し用のシールドが張ってあった。俺を拉致しようとしたあの紺のワゴン車と同じタイプの車であることを思い出す。

運転席にいた男と目が合った。面長で目つきの鋭いその男が、俺の顔を見てニヤリと笑った。そのシルバーのワゴン車から男が二人降りてくる。胸騒ぎを覚え俺は受話器をフックに叩き付け、脱兎のごとく電話ボックスを飛び出した。

ワゴン車から出て来た二人の男。そのうちの一人はライダージャケットの男だった。

三五

あの国のスパイたちを、少々甘く見ていたようだった。

俺は細い路地を闇雲に逃げながら考える。尾行、拉致、監禁、拷問、狙撃、何でもありの連中だ。人目のない場所に行くことが最も危険なはずだ。俺は人がいる方、賑やかな方に足早に走った。

少しでもシルバーのワゴン車から遠ざかりたい。拉致されて車の中に連れ込まれたらお終いだ。捕まったら何をされるかわからない。しかし、いつまでもこうやって追いかけっこをしているわけにもいかない。もう一度ユキの家に電話をして、過去の自分を説得してタイムスリップさせなければならなかった。

浜口のオフィスのことも気になった。今、俺がライダージャケットの男に追われているということは、浜口のオフィスがばれている可能性は高い。

ビデオカメラは浜口の事務所に置きっぱなしだった。

彼らがあのビデオカメラに入ったインタビュー映像を、奪回したがっているのは間違いない。事務所を襲撃されたら、見つかってしまう。それとももう既に、事務所が襲撃されてしまっていたりしないだろうか。

ワゴン車は、俺の二十メートルぐらい後ろをぴったりと尾いてくる。

闇雲に走ったつもりだったが、いつの間にか駅前の商店街に出た。店先で世間話に興ずるおばちゃん、コンビニの前にたむろする高校生、子供を二人も自転車に乗せて必死にペダルを踏む主婦など、そこにはごく日常的な商店街の夕方の風景があった。

俺は駅前のファーストフード店に入った。

人目のある所では、奴らも俺に手を出せないはずだ。駅前には交番もあり、予想通りワゴン車は路上に駐車をしたままで、ライダージャケットの男はファーストフード店の中には入ってこない。

俺は再びユキの家に電話を入れた。

『もうカッキーは帰っちゃったよ』

そう言われて愕然とする。ワゴン車から逃げ回っているうちに、俺は最大のチャンスを逃してしまった。

どうすれば過去の自分をタイムマシーンに乗せられるだろうか。そう考えている間にも、時間は刻々と過ぎていた。とにかくどこかで過去の自分に会って、ユキの家のタイムマシーンに乗るように説得しなければならない。ならばいつまでも、ここに閉じこもってはいられない。

俺は意を決して、ファーストフード店を出た。

すぐに駅のホームが見えた。このまま百メートル、真っ直ぐ歩けば改札に逃げ込める。

《まもなく一番線に小田原行きの各駅停車が参ります。黄色い線の……》

電車がホームに入ってくることを告げるアナウンスが聞こえる。

しかし駅前のロータリーにシルバーのワゴン車が移動していくのが見えた。俺の行く手に先回りしようとしていた。後ろを振り返ると、ライダージャケットの男が早足で近づいてくる。ここで挟み撃ちをするつもりだろう。

駅前の交番には、警官の姿が見当たらない。俺はもう一度後ろに目をやった。ライダージャケットの男は誰かと携帯で話をしながら、また少しずつ俺との間合いを詰めてきている。

アイボリー色の電車が下りホームに滑り込んできた。そろそろ帰りのラッシュが始まる時間、小田急線の車内はそれなりに混んでいる。電車はゆっくりとホームに停車しようとしていた。

シルバーのワゴン車のドアが開き、中から目つきの鋭い男が出てきた。後ろを振り返ると、ライダージャケットの男がすぐ後ろまで迫っている。その時、小田急線の下り電車はホームで完全に停車した。ドアが開き空気が抜けるような音が聞こえた。電車からたくさんの人が吐き出され、足早に階段を登っていくのが見える。

一か八か。俺はＳｕｉｃａが入った定期入れを握り締めると、改札に向かって全力で走り出した。

自動改札で焦らず慎重にＳｕｉｃａをタッチした時に、ホーム上で発車を告げるベルが鳴った。自動改札が開くや否や俺は階段を一段飛ばしで一気に駆け登る。すぐに足が重くなり息が上がる。

背後から自動改札機のアラーム音が聞こえてきた。階段の下を振り返って見ると、ライダージャケットの男が自動改札機を飛び越えるのが見えた。Ｓｕｉｃａを持っていなかったのか、それとも焦ってタッチしてひっかかったか。強引に改札を突破した彼は、豹のようなしなやかさで一気に階段を登って来る。

《一番線から下り電車が発車します。閉まるドアにご注意下さい。無理な駆け込み乗車はご遠慮下さい》

ホームから発車のアナウンスが聞こえてくる。

階段を一段飛ばしで駆け下りると、階段を登ってくる客と交錯する。この電車に乗ることを諦めたおばあちゃんと、ヘッドフォンをしたまま登って来る女子高生の間をすり抜けてホームに出た。

ちょっと早すぎたか。

ギリギリの間合いで電車に飛び込もうとダッシュしたつもりだったが、少しだけタイミングが早かった。階段の上を見ると、あっというまに階段を駆け登ったライダージャケットの男が、階段を登ってくる客と交錯していた。

《……ドア、閉まりまーす》

アナウンスとともにドアが閉まる瞬間に、俺は車内に体を滑り込ませる。

ゆっくりとスローモーションのようにドアが閉まる。

後は動き出すのを待つばかりだ。そう思った瞬間、いきなりドアが開いて、俺は息を呑んだ。ライダージャケットの男が、電車に飛び込んで来るのではと戦慄(せんりつ)する。

《……無理なご乗車はお止め下さい》

ドアは開いたまま動かなかった。時間が止まってしまったのかと思ったが、やがてゆっくりと再びドアが閉まりはじめる。三十センチ、二十センチ……。ドアがあと十センチで閉まりきるという時に、ライダージャケットの男がホームに下りてきた。今、ドアに足でも突っ込まれればと思うと、俺は生きた心地がしなかった。しかし、ガクガクと不自然な動きをしながらも、ドアはそのまま完全に閉まってくれた。

ドア越しにライダージャケットの男が俺を睨みつけている。視線だけで人を殺せるような強烈な眼差しだった。

もう一度、ドアが開いたら完全にアウトだ。あと一メートル、あの視線で詰め寄られたら、もはや俺の心臓がもたないかもしれない。

電車がなかなか発車しないように感じたが、やがてゆっくりと前進する加速度を感じた。そしてゆっくりと、少しずつだが確実に前に進みはじめる。汗をびっしょりかいていた。近くの乗客が引いてしまうほど、肩で大きく息を吸っていた。

一メートル、二メートル……、俺がいる車両は彼が立っていた所から離れようとしたが、ライダージャケットの男は電車が進むのと並行して大股でホームを歩いていた。そしてポケットの中から黒くて小さいものを取り出した。

まさかピストルか。

ぎょっとした俺がドアから離れようと車内後方に大きく足を引いたので、後ろに立っていたOLに勢いよくぶつかってしまう。彼が取り出したのは黒い携帯だった。電車の行き先を確認しながら、携帯を耳に当てた。次の駅で待ち伏せをするつもりだろうか。しかしどんなに早く車で移動しても、世田谷の入り組んだ道を電車より速く移動することはできないはずだ。

さらに電車は数メートル進み、徐々に加速していく。ライダージャケットの男もホームの先端までは来たが、それ以上は何もできない。電車が走り出してしまえばもう安心だ。電車のスピードが上がるにつれて、俺の心臓の動悸は少しずつ収まっていく。

しかしその時、人々を不安にさせる不協和音が聞こえてきた。

緊急地震速報のアラーム音だった。すぐに甲高いブレーキ音が鳴り、反対側の加速度に耐えていた俺は大きくよろめく。おしゃべりに夢中になっていた女子高生の三人組が押し倒された。

そしてその後に強烈な揺れが来て悲鳴が車内に響いた。

この日の夕方、静岡を震源とする強い地震が起こることを思い出した。マグニチュードは六・六で、山手線を含む首都圏の鉄道網は大混乱を起こすはずだ。

急停車の反動と地震の揺れが重なり、車内はパニックに陥った。電車のサスペンションのせいで、実際の揺れ方よりも大きくそして長く車体が揺れていて、とてつもない大地震に襲われてしまったかのような気にもなる。

《ただいま大きな地震がありました。安全確認のため、しばらくここに停車します》

車内アナウンスが聞こえ、やや冷静になった乗客がいっせいに携帯を掛け始める。最初にかけた女子大生の携帯だけが繋がった。俺ももう一度浜口のオフィスに電話をしてみたが、地震のせいなのか、それとも何か浜口の身に異変が起こったのか、やはり電話は繋がらなかった。

電車はいつ動き出すのだろうか。

確か西に向かう小田急線は、夜になっても全線は復旧しなかったはずだ。俺は窓の外に目を移す。俺が立っている所は既にホームから離れていた。しかし、車両の後ろの方はどうだろうか。

《さきほど大きな地震がありました。安全確認のため、全線ただいま運転を見合わせています。復旧の見込みは立っていません。この電車はいったんホームに戻りまして扉を開けます。電車バックします。ご注意下さい。電車、いったんバックしまーす》

アナウンスが車内に響いた。

電車がゆっくりバックする。一メートル、二メートル……、電車は徐々に後ろに戻り、やがてホームの先端が見えてきた。

冷たく笑うライダージャケットの男が立っていた。

三六

ワゴン車に入れられ、すぐにガムテープで手足の自由を奪われた。車の二列目と三列目の座席の間に転がされた。プロの仕事は驚くほど手際がよく、ほんの十秒程度で一連の作業を済ませるとすぐに車は発進した。

電車のドアが開きホームに押し出された時、俺は改札に向って必死に駆けた。改札付近は人がごったがえしていて、駅前も大混乱に陥っていた。

改札を抜け交番へ。そこで警官が戻ってくるまで一歩も動くまいと決めていた。

しかし交番まであと少しというところで、俺は肩を掴まれると同時に背中に固いものが当たる感触がした。振り返るとライダージャケットの男が、俺の背中に黒くて小さいものを突きつけていた。最後の望みとばかり交番の中を見たが、警官の姿は見当たらなかった。

俺の落胆を察したライダージャケットの男は、その硬いものを痛いほど背中に押し付けてきた。「ここで撃ってもいいんだぜ」男の目がそう言っているように見えた。その瞬間シルバーのワゴン車が横付けされ、車内に押し込まれた。駅前の混乱の中、俺に起こった異変に気付いた人はいなかっただろう。

「カメラ、ドコアル？」

カタコトの日本語が聞えてきた。

「ビデオカメラ、ドコ、ダセ」

俺が黙っているともう一度声がして、目の前にピストルを突き付けられた。

「持っていない」

とりあえずそう答えた。

「ビデオ、マンション？」

もう一度、奴が訊ねた。

「……そうだ」

浜口の事務所のあるマンションという意味でそう答えた。

ライダージャケットの男は俺の身体をまさぐった。武器はもちろん、ビデオカメラを持っていないことは理解できたようだ。ライダージャケットの男は、その間に携帯をかけていたが全く通じない。それもそのはずで、これから夜までは都内の通信インフラは復旧しないはずだった。

この二人は比較的下っ端の連中かもしれない。携帯で上司の指示を仰ぎたいところが、電話が通じずに困っているのかもしれない。その後どういう結論になったのかはわからないが、ライダージャケットの男を残して、もう一人の男は車を降りていった。

俺は目隠しをされて床に転がされた。

車が動き出したので、ライダージャケットの男がこの車を運転しているのだろう。俺はどこかに連れて行かれるのか。そして俺は何をされるのだろうか。

ライダージャケットの男は、一切俺と口をきかなかった。その後、一時間ぐらい車は走り、やがてサイドブレーキを引く音が聞こえ、その後はエンジン音だけが聞こえていた。

かった。
相変わらず男は一言もしゃべらない。一時間に一回ぐらい車外へ行くことはあったが、五分ぐらいするとすぐに戻って来た。試しに俺の方から話しかけたりもしたが、答えはなかった。

長い静寂を破ったのが、携帯の着信音だった。

地震直後の回線規制もやっと解除になったらしく、ライダージャケットの男は、素早く電話に出ると何かを話しはじめた。「テイトラジオ」という部分だけが聞き取れた。そして慌ててカーラジオのスイッチをつけた。

《……今日も有楽町のスタジオから生放送でお送りしている『垣島武史のショッキンナイツ』。番組も後半になりましたが……》

『ショッキンナイツ』がカーラジオから聞こえてきた。それはタイムスリップする前に、俺が赤いオープンカーの中で聴いた、誰かにジャックされた『ショッキンナイツ』だった。

「オマエ、ダレ?　オマエフタゴ、カ?」

男は、俺である垣島武史の拉致に成功した。しかし別の垣島武史が、今まさに帝都ラジオでしゃべっている。それでは拉致された俺は何者なのか。彼らが混乱するのも無理はない。

「オマエ、フタゴ、カ?」

何て答えるべきだろうか。

「オマエ、ダレ?」

男の声が裏返った。

「……影武者だ」

咄嗟にそう答えてしまった。

ライダージャケットの男は、再び携帯に話し始める。会話の中で「カゲムシャ」という言葉が聞こえた。奴らは「カゲムシャ」の意味を理解しているのだろうか。

ラジオからは相変わらず俺の声が流れている。この放送はタイムスリップした俺がしゃべるものだと思っていたが、どうやら違った。では今このラジオをしゃべっている垣島武史は誰なのだろうか。タイムスリップする前の俺なのだろうか。俺がタイムスリップしたことによって、何かが大きく変わってしまったのだろうか。

《ピポ、ピポ、ピポ、ポーーーーン》

俺の放送が終わり零時の時報が鳴った。

《ミュージックとサブカルチャーを徹底的に紹介する『ミューカル』。パーソナリティーの吉見紀久です。今日の特集は……》

俺の番組が終わり、零時からの番組を担当する後輩アナの声が聴こえた。

相変わらず男は何もしゃべらなかったが、缶のプルトップを開く音が聞こえた。きっと缶コーヒーか何かを飲んでいるのだろう。

三七

《はーい、音楽とサブカルに徹底的にこだわったラジオ『ミューカル』。パーソナリティーの吉見紀久です。時刻はもうすぐ、零時三十分ちょうどを回りまし……あ、まだだ、……もうすぐ……、あ、はい、今、回りました。早くも『ミューカル』は後半です。それでは、まずこの曲からスタートです》

その曲は最初のイントロを聴いただけでわかった。昨年末にブレークした四人組バンドのヒット曲だが、イントロが短か過ぎて曲紹介がしにくいパーソナリティー泣かせの一曲だった。案の定、吉見もイントロ内で曲紹介が出来ずに、キャッチーなAメロに乗り上げてしまった。

その時、男の携帯が鳴った。

俺は後ろ手に縛られた手で右のポケットをまさぐり、大きく膝を立ててキーホルダーが手前に出やすいように体を揺する。キーホルダーについている簡易ナイフで、手首の戒めが解けるのではと考えたのだ。

じりじりとキーホルダーが落ちてきて中指の先に当たる。俺は渾身の力をこめて手をポケットに突っ込むと、右の人差し指の爪と中指の腹の間にキーホルダーのチェーンが挟まった。左腕の筋肉が攣りそうだったが、慎重に、そしてゆっくりとそれを引っ張る。

ラジオから流れていた四人組バンドのその曲は、間奏のカッコいいギターソロの後、2コーラス目のサビを繰り返していた。

その時、車のドアが開く音がした。

心臓が止まるほど驚いた俺は、簡易ナイフがついているキーホルダーを床に落としてしまった。ガチャリという大きな金属音がしてしまい、俺が細工をしていたことに気づかれてしまったに違いない。

怒鳴られると思い身を固くしながら耳を澄ましていたら、僅かな物音がしてすぐにドアが閉まる音がした。時間にすれば、ほんの十秒ぐらいの出来事だったが、一体何が起こったのだろうか。

九死に一生を得た思いで、俺は簡易ナイフのついたキーホルダーを拾いなおすと、再びドアが開く音がした。車が軽く揺れたので、今度は人が乗り込んできたようだった。缶コーヒーを飲む音に続き、アジア圏の外国語が聞こえてきたので、あのライダージャケットの男が帰ってきたのだろう。

その後は、ラジオの音が聞こえるだけだった。

音を立てないように気をつけながら、俺は少しずつ簡易ナイフを動かした。力まかせにもがいてもびくともしなかったガムテープだったが、ナイフを使えばなんとかなりそうだった。少しずつ慎重に作業をしても、ガムテープが裂ける微かな音が立ってしまう。その度に心臓が口から飛び出しそうな思いをしたが、幸運なのか運転席の男に気付かれたような気配はない。

何とか手の戒めを解除して、自由になった手で目隠しをずらす。そして足を手前に引き、慎重に足を縛っているテープも切った。俺は後部座席の間からこっそり運転席をうかがうと、ライダージャケットの男は背もたれにあずけた体を助手席側に傾けている。

このワゴン車から脱出するためには、横のスライド式のドアを引くしかなかった。ロックはされてはいないがドアを引けば音がしてしまい、運転席にいる男は気付くだろう。そしてピストルを向けられれば、元の木阿弥(もくあみ)だ。車の外は暗くあまり賑やかそうな場所にいるわけではないらしいので、車から脱出できたとしても、近くに助けを求められそうな所はなさそうだ。

もう一度、運転席の様子をうかがった。

男の姿勢はさっきと全く変わっていない。違和感を覚えた俺は、後部座席の間から運転席をまじまじと見ながら耳を澄ます。ラジオの音で気がつかなかったが、男は寝息を立てている。

ライダージャケットの男は、運転席で眠りこけていたのだった。

立ち上がって運転席を見ると、ダッシュボードの上に缶コーヒーが置かれていた。助手席にはゴミの入ったコンビニの袋があり、その隣に黒く光るピストルがあった。

俺は音を立てないようにゆっくりと立ち上がり、助手席の後ろに移動する。ライダージャケットの男は、相変わらず寝息を立てて眠っている。俺は音を立てないように助手席の後ろから手を伸ばす。もう少しでピストルに手が届くその瞬間、ライダージャケットの男が意味不明の言葉を吐いた。

慌てて助手席から体を引き、その反動で後頭部を車の天井にしたたかにぶつけ、さらに大きく尻餅をついてしまった。しかし男は熟睡しているようで、全く起きる気配がしなかった。俺は再び助手席に手を伸ばした。黒いピストルを掴み銃口を男に向けたが、やはり何の反応もない。

車のドアを引いて外に出た。

あたりは真っ暗だったが、遠くの小高い土手の向こうに灯りが見えた。右手にピストルを握り締め、灯りを目指して息の限り走った。後ろからライダージャケットの男が追って来ないか何度も振り返ったが、シルバーのワゴン車が動き出す気配はなかった。徐々に暗闇に目が慣れてくる。クレーン、コンテナ、フォークリフトなどが目に入った。微かに磯の香りがした。汽笛や船の行き交うような音が聞こえたが、車や人など動く物は見あたらなかった。土手の手前にやっと着いた。草の生い茂った五メートルぐらいのその土手を一気に駆け登る。

目の前は海だった。

そして対岸にきれいな夜景が広がっていた。

大観覧車、半円形のホテル、独特な形のビル群、見覚えのあるきれいな夜景が海面に映っている。薄々予感はしていたが今、俺がいる所は横浜のM埠頭だった。

時計を見ると、時刻は一時を少し回っていた。

遠くから車の音が聞こえてきた。小さなヘッドランプが徐々に大きくなり、赤いオープンカーに一人の男が乗っているのが見えた。車は俺の百メートルほど手前の倉庫の近くで停車する。

一人の男が車を降りて周囲を見回していた。髪形はソフトモヒカン、背格好は俺と同じだ。俺はゆっくりその男に近づいていくと、その男の顔がはっきりと見えた。その男は俺と同じ顔をしている。

木曜日の深夜、横浜M埠頭、赤いオープンカー、俺によく似た男、……そして俺の右手にはピストルがあった。

車から降りたソフトモヒカンの男はしばらく周囲の様子をうかがっていたが、近づいていく俺の存在にはまだ気付いていない。その時、また一台の車の音が聞こえた。今度はやや大きな車だった。はっきり見えなくても想像はついた。頰に傷のある男が乗っていた紺のワゴン車だろう。

やがてワゴン車は急ブレーキの音を立て停車し、中から一人の男が出てきた。オープンカーから降りたソフトモヒカンの男、つまり過去の自分の姿が消えていた。ワゴン車の近くで息を潜めて隠れているのだろう。ワゴン車は少しの間そこに停まっていたが、やがて俺のいる方角に向かって走り出したので、俺は近くにあった廃材の陰に身を隠す。俺の前を猛スピードで通り過ぎて行ったワゴン車は、俺を拉致したシルバーのワゴン車の方へ走って行った。

ワゴン車が引き返してこないのを確認して、俺は廃材の陰から身を出した。

これから何が起こるのだろうか。

それを見届けたい一心で、過去の自分がいる倉庫の方に向かって歩いた。近づくにつれて彼の服装がよく見えた。黄色いジャケットに白いYシャツ、そして下は黒いチノパンだった。それは俺がタイムスリップ前にここに来た時に着ていた服装だった。

俺はこの後、過去の自分と取っ組み合いの格闘をして、今持っているピストルで撃たれてしまう。

そう思うと足が止まる。

昨日から今日にかけて、俺はこの場に来ないようにありとあらゆる努力をした。しかし、飛行機は飛ばず地震が起こり、独裁国家のスパイたちに拉致されて、やっとの思いで逃げられたと思ったら、この時間のこのM埠頭に来てしまった。

しかもご丁寧にピストルまで持っている。

過去に戻っても、一度起こってしまったことは絶対に変えられないのだろうか。そんな話をSF小説で何度も読んでいた。

しかしそれでもわからないことがあった。なぜ、俺は殺意が微塵もない過去の自分を、殺さなければならないのだろうか。そもそも奴を殺せば、今の俺も消滅してしまうはずだ。なぜ、そんなバカなことを自らするのか。

その考えが違うのだろうか。

過去の自分を殺しても、今の自分が生き残ればいいのだろうか。とにかく生き残ったほうが、この垣島武史という人物を継承できる。もしそれが正解ならば、俺はこのピストルで過去の自分を撃つ動機は十分にある。

過去の俺、つまり黄色いジャケットを着た自分との距離は五十メートルぐらいだが、相手はまだ俺の姿に気付いていない。俺は腰を屈めて草むらの中に移動する。子供の背ほどの長さの草が、俺が着ているモスグリーンのパーカーと同じ色をしているのも好都合だった。

腰を屈めながら、黄色いジャケットの過去の俺に近づいていく。

距離にして二十メートルぐらい、この距離ならば外さないと思ったが、ピストルを撃った経験がないので自信はない。銃口を過去の俺に向け、頭を狙うか心臓を狙うかを考える。

遠くのビルの照明が、過去の自分の顔をくっきりと照らしている。人に銃口を向けること自体はなんとも言えない気持ちだったが、それが自分と同じ顔をしていればなおさらだ。怯(ひる)む気持ちを奮い立たせて、俺は引鉄に添えた人差し指に力を込める。磯臭い風が俺を隠している草むらを揺らしている。

「こんな夜更けに呼び出して悪かったな、垣島さん」

俺の背後からそんな声が聞こえてきた。振り返ると、見慣れた黒い革ジャンを着た一人の男が立っていた。俺が銃口を向けている過去の自分も、その言葉に反応して振り返った。俺と同じ顔をした二人の男が対峙しているのを、その間で俺が見ていた。

その男はしていたサングラスを外すと、俺そっくりの顔が現れた。

革ジャンを着た俺にそっくりの男は、この俺にではなく黄色いジャケットを着た過去の自分に向けて話し掛けたようだった。

「お前は誰だ」

黄色のジャケットの自分が革ジャンの男に言った。

「垣島武史だ」

革ジャンの男がそう答える。

「垣島武史は俺だ」

間髪入れずにジャケットの自分が反駁(はんばく)する。

彼はタイムスリップをする前の過去の自分だろうが、革ジャンの男は誰なのか。デザインも色もあの革ジャンは、俺が買ったものにそっくりだった。タイムスリップをする前にここで格闘をして、俺が殺してしまったのはあの革ジャンの男のはずだ。

二人は激しく言い争った。

俺は屈んだままゆっくり移動し、少し外れたところで二人の様子を見守った。革ジャンの男は、内ポケットから小さくて黒いものをジャケット姿の自分に向けた。小型の銃だった。俺が今、右手に握っているピストルと同じような形をしている。

「図星だからといって怒るな。お前の欠点はよくわかっている。後のことは俺がうまくやってやるから安心しろ。麻希のことも……」

革ジャンの男が話している途中に、黄色いジャケットの自分が石を投げつけた。それをきっかけに二人の格闘がはじまった。ジャケットの自分が猛烈なタックルを食らわすと、俺と同じ顔をした二人がもつれるように地面に倒れる。

タイムスリップをする前に見たことと全く同じことが、今、目の前で起こっていた。このままでは革ジャンの男が殺されてしまう。何とかしなければと俺は焦った。二人の間に割って入るか。しかし二人の格闘が激しすぎて、とてもそんな余裕はなかった。俺は手に持っているピストルを空に向けた。ここで銃声が鳴れば、格闘はいったん収まるかもしれない。そのピストルを持っている男が自分と同じ顔だとわかれば、同じ顔をした人間が三人も揃えば、とりあえず話し合いに持ち込めるかも知れない。俺はピストルを空に向け思いっきり引鉄を引いた。

しかし、引鉄が引けなかった。両手にピストルを持ち替え思いっきり引いてみたが、引金が引けなかった。俺はピストルの横についている小さな装置に気がついた。安全装置を外すのを忘れていた。

視線を争う二人に戻す。トップポジションを取るべくもがきあっていた彼らだったが、革ジャンの男の方が優勢になり、銃口をジャケット姿の自分の頭に当てた。それで勝負がついたかのように思われたが、ジャケットの自分も必死に抵抗しそこからさらにもつれ合った。二人はさらに数メートル下へ傾斜を勢い良く転がり落ちていく。

俺は慌てて安全装置を外しさらに人差し指に力を込めた。

ズダーン。

M埠頭の夜空を一発の銃声が轟いた。

しかしその銃声は俺が手にしていたピストルから発せられたものではなかった。

格闘する二人の姿が見えなくなっていた。この先の側溝に落ちたはずだ。

先に動いたのは革ジャンだった。

黄色いジャケットを着た過去の自分が撃たれてしまったのか。過去の自分が死んでしまったら、今の俺はどうなってしまうのだろうか。俺は慌てて自分の両手で、顔や胴体をそして両脚をまさぐった。

　しかしよく見ると革ジャンの男は、自分の意志で動いたのではなかった。下にいた過去の自分に跳ね除けられたのだった。その後過去の自分は、側溝に足を取られて二度三度ひっくり返ったが、落ちていたピストルを拾い、とどめを刺すべく革ジャンの男に向けて引鉄を絞ったが、どうやら弾切れのようだった。しかし革ジャンの男は、ぐったりとしてしまいピクリとも動かない。

　遠くからこちらに向かって来る車の音が聞こえた。おそらくそれはあの紺のワゴン車のもので、ここに猛スピードでやって来るのだろう

　一刻も早くこの場から立ち去らなければならないと思い、俺は右手にピストルを持ちながら全速力で駆けた。

　もう一台、急発進する車の音が聞こえた。過去の自分が乗ったアルファ・スパイダーだろう。小刻みにギアチェンジする音が聞こえ、それに続いて一発の銃声とガラスが割れるような音が聞こえた。二台の車の音とともに、ヘッドライトの光が俺を追いかけてきた。

　このままでは見つかってしまう。

　俺は道端の草むらに飛び込んだ。

　赤いオープンカーのヘッドライトがどんどん大きくなり、そしてそのすぐ後ろに紺のワゴン車のヘッドライトが迫る。赤いオープンカーが、俺の目の前を猛スピードで通り過ぎ

る。ギアチェンジをしている間に、さらに紺のワゴン車との距離が詰まった。紺のワゴン車が目の前を通過したとき、助手席の窓から身を乗り出しているサングラスの男が見えた。銃をオープンカーに向けて狙っている。もはやその間は二メートルもなく、男が銃を外すとはとても思えない。

俺は思わず立ち上がり、サングラスの男に向けてピストルを撃った。

ズダダーーン。

手にずっしりと重い感触が残った。

弾は男から大きく外れ、ワゴン車の左の後輪に当たり小さな火花が光った。その瞬間、ワゴン車は大きく左によろめいた。そのまま二台の車は走り去ったが、赤いオープンカーを追うワゴン車の車高が心なしか低くなり、失速していくのがわかった。

しばらくすると、獲物を取り逃がした紺のワゴン車が引き返して来た。どうやら俺が撃ったピストルの弾が当たったらしく、左の後輪が完全にパンクをしていた。草むらに隠れていた俺には気付かずに、ワゴン車は後輪を引きずるようにしながら埠頭の奥へと消えていった。

俺は二台の車が走り去った道をとぼとぼと歩いた。

最寄りの幹線道路に出るまでにも相当な距離があった。あとどのぐらい歩かなければならないのかと思いうんざりしていると、今度はシルバーのワゴン車が埠頭の奥から走ってきた。それは俺を拉致したあの車で、ライダージャケットの男が目を覚まして俺を追ってきたのかと思い必死に走った。しかし何もない埋め立て地の中の一本道で、隠れる場所はどこにもない。俺を捕えようとしているのか、車は徐々に減速して近づいてきた。

俺は振り向きざまに銃を構え、運転席の男を目掛けて引金を引いた。

三八

幹線道路でタクシーを拾えたのは、それから一時間も経った頃だった。

「どちらまで行きましょうか?」

国道で拾ったタクシーの運転手にそう訊かれて、俺は女子大の近くのユキの家に行くとしか思いつかなかった。

三人目の俺が現れた。

タイムスリップ前の俺は、黄色いジャケットを着ていた俺に間違いない。新しく現れた革ジャンの俺は、未来の俺なのだろうか。俺によく似た別の誰かとは思えなかったし、あの黒い革ジャンやサングラスはきっと俺の物だろう。

港の見える丘公園に続く急坂を、タクシーは苦しそうなエンジン音をさせながら登っていく。二度三度、急坂の大きなカーブを曲がりさらに信号を右に曲がると、深夜の外人墓地が見えてきた。

お洒落な洋館が並ぶ道を通り過ぎると、女子大の音楽堂が見えてきた。

その先に一台のワゴン車が路上駐車していた。俺を拉致したワゴン車と同じ車種で、しかも色はシルバーだった。座席に深く身を沈め、タクシーの運転手にゆっくりそのワゴン車の脇を通り過ぎるようにお願いする。

銃で撃たれたみたいに、その後部ガラスがひび割れていた。横の窓ガラスは目隠し用のシールドに覆われ中が見えなかったが、運転席には誰もいない。ワゴン車の数十メートル先にタクシーを停車してもらい、しばらく様子を見たが誰かが出てくる気配はない。どうやら誰も乗っていない。

俺を待ち伏せしているのではないとわかると、急にユキのことが心配になった。独裁国家のスパイたちがユキの家の秘密に気付いたのではないか。

俺はタクシーを降り、周囲を警戒しながらユキの家のインターフォンを鳴らしたが、応答がなかった。時計を見ると午前三時を回っていた。さすがにもう寝てしまったのだろうか。それともユキがスパイに拉致されてしまったのか。

俺はもう一度インターフォンを押した。

『誰？』

不機嫌そうなユキの声が聞こえた。

「ユキちゃん。垣島です。帝都ラジオのカッキーです」

『えっ、カッキー。いつの間に外に出たの？』

オートロックが外れたので敷地内に入ると、玄関のドアを内側から開いた。

「ユキちゃん大丈夫？」

「え、ユキは特に問題ないけど」

どうやらスパイたちがこの家に来たわけではなさそうだ。

長いまつげを激しく上下させて、びっくりした顔がドアの向こうに現れた。見覚えのある白い大きなTシャツを着ていた
「寝てなかったの？」

「寝るわけないじゃん。日焼けマシーンでカッキーが消えちゃったから、家中を探し回っていたんだよ。だけどカッキー、いつ外に出たの？」

最初はユキが言っている意味がわからなかった。

ユキから見ると日焼けマシーンに入ってボタンを押した俺は、タイムスリップしたために忽然と彼女の前から消えてしまった。ユキにとっては数分の出来事だったが、俺は数日間を経てまたここにやって来た。俺がタイムスリップをしたとは思っていないので、日焼けマシーンの中から突然外に瞬間移動したように見えたのだった。

「カッキーはマジシャンなの？」

引田天功とか、デビッド・カッパーフィールドと思われても不思議はかった。

「詳しいことはあとで説明するよ。上がってもいいかな?」

頷く彼女を見ながら、俺はコムチャット男のグレーの革靴を脱ぐ。その隣には、俺のナイキのスニーカーがあった。これで靴はもとのあるべき状態に戻ったことになる。玄関の横の靴棚の上には、黄色いジャケットが置かれていた。

「じゃあ、この機械は日焼けマシーンじゃないってこと?」

彼女にタイムスリップの説明をするのは大変だった。

「そうなんだ。だからユキちゃんも双子の親戚ができたわけじゃなくて、タイムスリップした自分と会っていただけなんだよ」

本人もタイムスリップしているのだが、最初はその事実が全く理解できなかった。恐竜の時代とか戦国時代にタイムスリップしてくれればわかりやすいのだろうが、たかが二、三日過去に戻っただけだ。しかもそこに存在する自分と接触したのだから、話はさらにややこしくなる。

もう一度タイムスリップするべきかどうか、俺は迷っていた。

もしあの革ジャンの俺が別の誰かだとすると、新たにひとつの大きな問題が発生する。黄色いジャケットを着た過去の俺は、俺ではない別人を殺してしまったことになる。つまり俺は本当に殺人をしてしまった。

それとは別に大きな謎もあった。もし、あの革ジャンの男が俺でなかったとしたら、誰があの木曜日の生放送をしゃべったのか。いくら外見が似ていても、パーソナリティー経験のない人間ができるような放送ではなかった。

ふと新しいアイデアが思い浮かんだ。

俺がもう一度タイムスリップをして木曜日の夜に生放送でしゃべり、過去の自分をM埠頭に呼び出す。また同じことの繰り返しだが、そこでピストルを持って脅すのではなく、よく事情を説明した上に一緒にユキの家に来て、過去の自分をタイムスリップさせればいいのではないか。

もしも何か不測の事態が起きて上手くいかなかったとしても、またもう一度ここに戻ってやり直せばいいのではないか。

「ユキちゃん、もう一度、あのマシーンを使ってもいいかな」

俺はユキの顔を見ながらそう言った。

「別に、ユキはもうあれを使うつもりはないから好きにしていいけど、大丈夫？　カッキーまた消えちゃうんじゃないの？」

「多分、消えちゃうと思うけど、また戻ってくるから大丈夫だよ」

「いや今日はもう眠いから帰ってこなくていいよ。明日のお昼過ぎぐらいなら来てもいいけど」

ユキはまた俺が玄関から入って来るものとでも思っているようだ。

「じゃあ、ユキ、もう眠るから」

そう言うと彼女は欠伸をしながら部屋を出て行った。

俺は再びそのマシーンの蓋を開け、ベッドに横になる。念のためポケットの中身を確認する。携帯、財布、定期入れ、レイバンのサングラス……。右のポケットに入れっぱなしにしていたピストルを取り出した。これを持って行ってしまうと、黄色いツイードジャケットの俺に撃たれることになるのではないか。しかしまたスパイたちとやりあう可能性もあるので手放せない。それにこれをここに置きっぱなしにしてしまったら、ユキがびっくりしてしまうだろう。俺はそのピストルをジーンズの右ポケットに突っ込んだ。

「ＥＮＴＥＲ」と書かれたボタンに人差し指を当てて、ゆっくり押し込む。前回同様、小さく閃光が走り、そして一瞬体が浮くような居心地の悪い感じがした。

その次の瞬間、車の盗難防止のブザーのような不気味な警告音が鳴った。よいことをあらわす音ならば、こんなに不安そうな音はしない。あきらかな不協和音で、何かのトラブルを告げる音だった。

慌てて蓋を開けて外に出た。

パソコンのモニターが赤く点滅している。「ＷＡＲＮＩＮＧ」と書かれた赤の文字が映し出されていた。やがてその不協和音は鳴りやみ、パソコンのモニターに新しい文字が表示された。

〈規定時間以上の作動をしたため、タキオンがなくなりました。次回使用する場合はタキオンを補充して下さい〉

タキオン？

何のことだかわからなかったが、とにかくこのままだともう使えないということだろう。

〈ノビコフの因果律により、過去に戻って未来を修正することはできません。貴重なタキオンを有効に使いましょう〉

その下にそんな警告文のようなものが表示されていた。

ノビコフ？　因果律？　未来の修正？　いったい何のことだ。

俺は近くにあったパソコンに表示されていた時刻を見た。二十三時五十八分だった。さらにインターネットで今日の日にちを確認する。

三日前の火曜日の日付だった。

タイムスリップは成功していた。場所が同じなので紛らわしいが、不気味な警告音が鳴ったのは、タイムスリップをした後のこのディーリングルームでの出来事だった。

地下のディーリングルームを出て一階に上がる。どの部屋にも灯りはなく、家の中は物音ひとつしなかった。外に出ようと玄関に向ったが、玄関の横の靴棚にさっき見た黄色いジャケットはなかった。同様に俺のナイキの靴もなく、コムチャット男のグレーの革靴もない。

玄関の鍵が開いている。つまり今は、一回目にタイムスリップした自分が、コムチャット男の靴を履いて鍵を開けて出て行った後、ということだった。俺はコムチャット男の白いスニーカーを拝借する。玄関の扉を開けて外に出て、鉄製の厚いゲートをこじ開けると、外にシルバーのワゴン車は駐車していなかった。

三九

関内のネットカフェで、俺は一夜を過ごすことにした。

マンションに帰るわけにはいかなかったし、朝の五時前に始発が動くのに、ホテルに泊まるのはもったいないと思ったからだ。それにインターネットで調べたいことが山のようにあった。

雑居ビルの四階にあるその店は、深夜にもかかわらず大半の部屋が埋まっていた。横になりながらインターネットが使える個室を選び、セルフサービスで淹れたコーヒーを持って部屋に入る。隣の部屋では、若い男性がオンラインゲームに熱中している。

タイムマシーン、相対性理論、アインシュタイン、光速……、気になる言葉を片っ端から検索してみる。そして、コムチャット男の部屋のモニターに表示された『タキオン』、そして『ノビコフの因果律』。

文系の俺としては、初めて知るようなことがたくさんあった。

りんごが落ちるのを見て重力を発見したのはニュートンだが、彼は時間とは「絶対的」なもので、それが例え宇宙空間だったとしても時は同様に等しく進むという考え方だった。

当然だろうと俺は思った。時計が狂うことはあっても、時間の進み方が早くなったり遅くなったりしたら堪らない。しかし物理学の世界では、時間が絶対的ではないことはとうの昔に常識とされていて、まずそれだけでびっくりした。

　否定したのは、あのアインシュタインだ。

　アインシュタインといえば、あの長いベロを出した写真と相対性理論が有名だ。その相対性理論の「相対」というのは、ニュートンが唱えた時間が「絶対的」なものとするのに対し、時間が「相対的」なものであるとした理論から来た言葉だった。

『物体は高速に動けば動くほど、そこでの時間の進み方は遅くなる』

　次に驚いたのがこの理論だった。絶対に狂わない精密な時計を二個用意して一個を地上に残す。そしてもう一個の時計を持ってジェット機に乗り東回りにぐるっと地球を一周して帰ってくると、なんと、その時計は五十九ナノ秒遅れたという実験結果があるらしい。ちなみに一ナノ秒は一秒の十億分の一秒だ。

　実はカーナビなどで使われているGPSには、この相対性理論の考え方が反映されているそうだ。地球の軌道上を猛スピードで動く人工衛星は、地球の表面を動く車よりも時間が進むのが遅い。そのわずかな時間の違いを計算に入れて、位置情報を表示するようにカーナビは設計されているそうだ。

『動いているものは、その運動方向の長さが縮む』

　凄く速くものが動くと実際の距離以上に、その進んでいる方向の長さが短くなって、早く到達するということだそうだ。長さが短くなるってどういうことなのか俺にはさっぱり理解できなかったが、この考えにさらに時間の概念を加えたのが「特殊相対性理論」で、『時間と空間の尺度はものの運動状態によって変化する』そうだ。

凄く速くものが動くと実際の距離以上にその長さが短くなり、さらにそこではゆっくり時間が過ぎるので、傍から見ている人からは早く目的地に到達するように見えるらしい。さらにものが光の速さに近づけば近づくほど劇的なことが起こる。光は一秒間に三十万キロ進むが、仮にその八割の速さで動く宇宙船で四光年先に宇宙旅行をして帰ってくると、地球上にいるよりも時間の進み方が四割も遅くなるそうだ。

しかし、だからといって簡単にタイムマシーンができるわけではない。

『質量を持つものは、光の速さを越えることができない』

そう言ったのもアインシュタインだ。光速に近づけば近づくほど質量が増し、光速を越えることはできないらしい。

光速を越える素粒子。

もしもこれが発見されれば、過去へのタイムスリップが理論上可能になる。

光速に近づけば近づくほど時間が進むのが遅くなるのだから、光速よりも速く動くものの中では時間は逆行する。

物理学者というのは結構なロマンチストで、光速を越える素粒子が発見されてもいないのに、その素粒子の名前をちゃっかり付けていた。

それが「タキオン」で、ギリシア語で「速い」という意味だそうだ。

しかしその一方で、物理学者はもうひとつ別の理由で過去に向かうタイムマシーンは実現不可能と考えていた。

自然界では過去に原因があって、そして未来に結果がある。一夜漬けで勉強をしたが、テストの山がはずれてしまって零点を取ってしまった。この場合山がはずれたのが原因で、零点が結果という「因果律」だ。もしもタイムマシーンがあって過去に行けてしまうと、零点をとった問題用紙を過去の自分に渡すことができてしまい、それを見て猛勉強をすれば百点が取れてしまう。そうなると自然界の「因果律」と矛盾してしまうので、物理学者たちは過去へ向かうタイムマシーンは不可能と考えた。

わかりやすい例としては、タイムマシーンに乗って自分の親を殺してしまったら、その親を殺した子供自身もいなくなってしまい、そうなると過去に戻って親を殺すこともできない。「これが親殺しのパラドックス」で、ＳＦ小説などでは定番の考え方だった。

しかし「因果律」に矛盾しなければ、過去へ向かうタイムマシーンができてもおかしくはない。親を殺そうとタイムマシーン乗って過去に行ったが、気が変わって殺さずに帰ってくれれば「因果律」には矛盾しない。

そういう考えをしたのが、ノビコフというロシアの物理学者だった。

ノビコフの主張は『頭の体操』みたいなものだが、その説が間違っていないことは、今の俺にはよく理解できた。M埠頭に近づかないように、羽田から飛行機に乗ろうとすれば運航が休止となり、車で移動しようと思えば渋滞にはまる。電話で過去の自分を説得しようとすれば独裁国家のスパイに追われ、もう一度タイムスリップしてみれば「タキオン」不足でタイムマシーンが使えなくなった。

そして今、俺のポケットにはピストルがあり、過去の自分に殺される凶器まで用意できてしまった。『ノビコフの因果律』とは、『タイムマシーンの存在は認めますが、それをどう使っても起きてしまった出来事は過去に戻って修正することはできません』ということなのだろう。

〈ノビコフの因果律により、過去の修正はできません。貴重なタキオンを有効に利用しましょう〉

あのモニターに表示されていた意味が、今やっとわかった。

タイムマシーンを使っても未来が変えられないのであれば、俺は明後日の木曜日の深夜に、このピストルを持ってM埠頭へ行き、格闘の末過去の自分に殺されるしかないということだ。

パソコンの前に座って二時間以上の時間が経っていた。俺はすっかり冷たくなったコーヒーを飲み干すと、おかわりのコーヒーを入れようとカップを持って部屋を出た。深夜のネットカフェは静まりかえっていたが、どこかの部屋からキーボードをいじる音が聞こえた。

その時、俺のスマホが鳴った。

ディスプレイには、麻希の名前が表示されていた。胸の奥にある何かが疼(うず)いた。彼女から電話がかかってくるのは何日ぶりだろう。心臓の鼓動が少し早まった気がした。

『もしもし、麻希です』

懐かしい声がした。心なしか緊張しているように聞こえる。

「ああ、久しぶりだね」

なるべく冷静に、声が上擦らないように答える。

『電話していて大丈夫。まだ仕事中？』

時計を見た。時刻は午前四時になろうとしている。生放送後の俺を気遣って、かつて平日電話をかけてくるときはこの時間帯になることもあった。

「ああ、大丈夫」

俺はネットカフェの外に出ながらそう答える。

『明日か明後日の夜に会いたいんだけど』

俺はこれからのことを考える。

「明日の夜なら大丈夫だけど、明後日の夜はダメだろうな」

いよいよ明後日の夜に、自分がどうなっているかわからなかった。いや、M埠頭で殺される因果律のことを考えていた。

『じゃあ、明日の夜に時間をちょうだい。大事な話があるの』

「いいけど、大事な話って何？」

『その時に話す。「雪月花」ってお店、よく行ったじゃない。時間は何時にする？』

場所がちょっと気になった。

「早い時間ならば大丈夫だよ」

「そうなの？　じゃあ七時でいい？」

「わかった」

そして『おやすみなさい』という言葉を最後に、電話は切れた。

麻希の声はどことなく寂しそうだった。大事な話というのは、俺にとっても楽しい内容ではなさそうだ。胸の中で何かがざわつきはじめる。いつになっても取れない小さな棘(とげ)がまたジクジクと痛み出した。

四〇

目が覚めて、時計を見たら正午を回っていた。

昨日までの出来事が全て夢だったのではと期待したが、残念ながらそこは薄暗いネットカフェの狭い個室だった。決して寝心地のいい空間ではなかったが、心身ともに蓄積された疲労が俺を熟睡させていた。

こんなに寝られたのはいつ以来だろうか。深夜放送のパーソナリティーの共通の悩みだが、生放送後は興奮が覚めずなかなか眠りにつくことができない。俺の場合はアルコールでなんとかしたが、睡眠薬に頼るパーソナリティーも少なくなかった。

タイムスリップを繰り返していたので、しばらくマイクの前に座っていない。ここ数年長い休みは取っていなかったので、こんな経験は久しぶりで欲求不満のような気分だった。何か自分が自分でないような気がしていた。何でもいいからマイクの前でしゃべりたいと思った。

ネットカフェを出て駅に向かった。

タイムスリップする前の俺は、これから失くしたスマホを取りにタクシー会社に行くはずだ。一回目のタイムスリップをした俺は、舞浜のホテルに独裁者の弟のインタビューを録りに出掛けている。

そのどちらともニアミスをするリスクがないので、俺は有楽町の会社に行くことにした。会社に行けば、宿直者用のシャワー室が使えるだろうし、そこに自分の歯ブラシもある。

麻希との約束は夜の七時だ。

彼女と会うまでの間に、二人の関係をどう修復するかも考えなければならない。そしてもう二度とタイムマシーンに乗れない状況下で、明日の夜以降も生き残る何かいい方法を見つけなければならない。

四一

帝都ラジオのシャワー室で、俺はシャワーを浴びて汗や汚れを洗い落とし、やっと気分が落ち着いてきた。コンビニで新しく買ったTシャツに袖を通し、ドライヤーでソフトモヒカンを乾かした。さらにトイレで歯を磨いていると、眠そうな顔をしたドラゴンがやってきた。

「あ、垣島さん。昨日、あの後どうだったんっすか？」

興味津々(しんしん)という顔をしていた。

「昨日？」

昨日とは独裁国家のスパイに拉致されて、必死にM埠頭から逃げたことを言っているのだろうか。ドラゴンがそんなことを知るはずがない。それはタイムスリップする前のことだから、この場合の昨日はいつのことなのか、俺は小首を傾げながら頭を働かせる。

「『パピヨン』ですよ。パ、ピ、ヨ、ン…」

そうだった。

ドラゴンと『ハイランド』で飲んで、記憶を失くすほど泥酔した日が昨日ということになる。謎のお店『パピヨン』には、ドラゴンと一緒に行ったのだろう。

「いや、それが酔っぱらっちゃって、全然覚えてないんだよ」

「あーやっぱり、そうじゃないかと思ってたんすよねー。でなきゃ、垣島さんがあんなお店に行くはずないもんなー」

ドラゴンは細い目をさらに細め、これ以上面白いことがないというぐらい笑いながらそう言った。

「え、どんな店なの、『パピヨン』って？」

「やっぱ、全然、覚えてないんすっか」

俺は素直に頷いた。

「オカマバーっすよ。オ・カ・マ」

「オカマ？」

「そうっすよ。『パピヨン』っていう響きからエッチな店に違いないって、垣島さんが一人でずんずん入って行っちゃったんですよ」

そこまで言われても、俺の記憶は蘇らなかった。

「確かにエッチなお店だったけど、相手はデブのオカマばっかり。俺は適当に逃げちゃったけど、垣島さんは結構モテていて楽しそうでしたよ」

「え、先に逃げちゃったの」

「そりゃそうですよ。キスとかならまだいいけれど、露骨に股間とか狙われるんだから。大丈夫でした？」

「大丈夫も何も、全く記憶がないからな」

この記憶ばかりはなくなってくれて有り難かった。

「しかしやっぱり垣島さんは底なしですね。あれだけ飲んで、全く二日酔いにならないんですから」

「ま、まあね」

俺は曖昧にそう応える。

「俺なんか、今日午前中は完全に死んでましたよ。あー、まだ頭がズキズキする」

ドラゴンはそう言いながら個室に入っていった。

歯を磨いた後にデスクでメールをチェックした。その後、局内で時間を潰そうかとも思ったが、ぐずぐずしていると何が起こるかわからない。無用な混乱を招くのも嫌なので、俺は外出しようと一階に下りた。

「垣島さん！」

局の外に出ようとした時、背後から俺の名前を叫ぶ声がした。振り返るとスーツ姿の若者が立っていた。

「垣島武史さんですよね」

彼は俺のフルネームを口にした。

「ええ、そうですが」

色白で眼鏡をかけた神経質そうな若者で、見覚えのある顔ではない。番組のリスナーだろうか。『ショッキンナイツ』のおかげで、声だけでなく俺の顔も徐々に売れはじめ、街で声を掛けられることも珍しくはなかった。

「内田です。M大学の内田まことです。今日はお忙しい中、ＯＢ訪問を受けていただきありがとうございました。約束の時間よりもちょっと早く着いてしまったので、ロビーで待たせてもらってたんです」

なるほど、そういうことだったのか。

あの日、マルトモタクシーで携帯を回収した直後に、俺は内田君に電話をした。遅刻を詫びようと思っていた俺に、彼はＯＢ訪問の御礼を言ってきた。誰かが俺の代わりにＯＢ訪問を受けてくれたのかと思っていたが、つまりはこういうことだったのか。

四二

「垣島さんは、テレビのアナウンサーになろうとは思わなかったのですか？」

内田君の最初の質問がそれだった。

「思ったよ。実際に受けてかなりの局で最終まで行ったんだけど、受かったのは結局、この帝都ラジオだけだったんだよ。やっぱりテレビ向きの顔じゃないと思われたんだろうね」

俺は内田君と近くの喫茶店に入った。懇切丁寧に、自虐ギャグも入れながら就職活動の経験談を語った。

「ラジオもテレビもアナウンサーって凄い倍率じゃないですか。どうやって合格したんですか」

当時も今も、アナウンサーは書類選考も含めれば数千倍という狭き門だ。

「正直俺にも謎なんだけど、ただテレビ局でもラジオ局でも、最終に残る面子はだいたい同じなんだよ。これは一般職も実は同じで、誰が面接官になってもある程度までは残るべき人が残るんだよね」

俺がアナウンサー職を受験したのはもう十年も前の話だが、今でも基本的な部分は変わってはいないと思う。むしろ最近は面接官をやることが多く、合格しそうな人は、結局誰が面接しても必ずマルをつけるということがわかってきた。

「そうなんですか。それって何がポイントなんですかね。何をどうアピールすれば、最終面接まで残れるようになれますか」

「うーん、敢（あ）えて言うなら滲（にじ）み出る魅力かな」

「滲み出る魅力？」

「人間力って言った方がわかりやすいかな」

「人間力……ですか」

「面接試験ってどういう答えをするべきか気にするけど、答えって別に何でもいいんだよ」

「本当ですか？」

「重要なのはその答え方で、その時にその人の持っている人間的な魅力、真剣さ、誠実さ、やる気なんかが自然と伝わってくるんだ。圧迫面接では何を答えるかというよりは、切羽詰まった時にその人の本当の人間性が出るからね。圧迫面接を受けた時に、きっぱり『わかりません』と答えたその笑顔が決め手で、合格しちゃう人だっているからね」

「やる気だけは人には絶対に負けないと思っているんですけども、どうやったらそれを伝えられますかね」

「うーーん、そうだな。覚悟とかやる気とかは、口で言うのは簡単だけど、それを証明するものはないからね。だけど目でそういうことが伝わる人は、最終まで受かるんじゃないかな」

「目力ですか？」

「うーん、ちょっと違う気もするけど、ほら、目は口ほどに物を言うっていうじゃん。あの感じだよ」

俺はアイスコーヒーを、ストローでかき混ぜながらそう答えた。

「ただ、最終だけは別だね。最後はその局との相性っていうか、まあ運だね。そもそも帝都ラジオなんか、二年に一回しかアナウンサーを募集していないから」

「そうなると本当に運ですね」

「そうだよ、運。ちなみに帝都ラジオは入社しても、スポーツ配属になるか、制作配属になるかでそこでまた運命が全然変わってくる。俺はちょっとした事情でスポーツアナを首になったけど、今じゃラッキーだったと思っているからね」

「ところで垣島さんは、面接ではどんなことをアピールしたんですか」

内田君は目の前のアイスコーヒーには手をつけず、熱心に俺の話を聞いていた。

「俺の話はあんまり参考にならないよ」

「えっ、どんな話をされたんですか」

「俺ね、学生の時に芸能事務所のお笑いスクールに通っていて、結構真剣にお笑いを目指してたことがあったんだ。テレビにこそ出てなかったけど、ライブにはそこそこ出てたんだよ」

どこの会社の面接でも、掴みはそのエピソードで十分だった。

「そのままお笑いタレントになろうとは思わなかったんですか」

「それがさー、やってみると自分の実力がわかっちゃうんだよ。プロでやっていけるとは思わなかったな」

「そうなんですか」

「でも最初は全然就職活動をする気がなくて、ところが同じ大学四年だった俺の相方が、突然、就職するからコンビを解消するって言い出したんだよ」

「そりゃ困りましたね」

「そうなんだよ。真面目に大学も行ってなかったから、成績もボロボロだったんだけど、少なくともネタにはなるかなと思って、就職活動をしてみたんだよね」

「そうしたら受かっちゃったと」

「そうなんだよ。面接でそのコンビ解消話が受けてね」

本当に人生なんか、何が起こるかわからない。

「でもそうなると、面接で漫才やれとか言われませんか？」

「言われた言われた。一人二役で漫才やったら、結構、それも面白いんだよね。多分、二人でやった時よりも面白かったな」

「やっぱり、笑わせないとダメですか」

　内田君が真剣な表情でそう訊ねる。

「別に笑わせる必要はないと思うけど、就職試験の面接って、どんな大学生活を過ごしたかで合否が決まると思うんだよね。俺の場合は結果的にお笑いを目指したのがよかったけれども、何か人に話せるような変わったエピソードがないと、なかなか差別化ができないからね」

「差別化ですか」

「そうだよ。みんな自分のことをアピールすることばかり考えるけど、たくさんの受験生の中でどうやって自分だけを目立たさせるかの勝負だからね。だって有名大学の容姿端麗な学生が、たくさん受けに来るんだからさ」

　彼は手帳にペンを走らせる。

「ところで、実際にパーソナリティーになってから苦労したことは何ですか？」

「苦労？　……全てだね」

「全て？」

「そう全て。アナウンサーならニュースがきちんと読めたり、提供クレジットやＣＭが間違えずに読めたりすればいいわけだけど、俺は急にパーソナリティーをやらされたからね」

「パーソナリティーとアナウンサーって違うんですか」

「きちんとニュースを読んだり、あまり出しゃばらないで台本どおりに番組を進行するのがアナウンサー。これはテレビでも同じことで、ところがラジオのパーソナリティーには別の役割があって、番組全体をいかに面白くするかがその役割なんだ。言葉遣いや段取りはどうでもいいから、とにかく面白いおしゃべりをするのが求められるからね。まあお笑いをやっていた経験が、その役には立ったけどね」

「じゃあ僕もアナウンサー試験を受ける前に、少しでもお笑いタレントを目指した方がいいですかね」

「そうだね、何事も経験して損なことはないからね。それにもしもお笑いタレントで売れれば、アナウンサーになるよりも儲かるからね」

四三

麻希とは付き合ってちょうど三年だった。

昨年の彼女の誕生日にプロポーズをし、彼女の両親に挨拶に行った。その時ばかりは、初めて生放送でしゃべった時以上に緊張した。

　麻希は中学・高校の六年間を海外で過ごし、大学は外国語で有名な日本の私大に帰国子女枠で入学した。帰国子女というと外国語がしゃべれてかっこいいと思っていたが、東洋人の子供が海外で生活するのは、それなりの苦労があったようだ。少なくとも言葉の問題があるだろうし、多かれ少なかれ現地でいじめや人種差別を受けるケースもあったという。

　麻希の両親に挨拶をした後に、今度は俺の母親を彼女に紹介した。二人は会ったときから意気投合した。まるで本当の母子のように仲が良く、俺の悪口で盛り上がった。俺の知らないところで、二人だけでどこかに出掛けるようなこともあったと思う。ちなみに俺の父は建設会社に勤務していたが、俺がまだ小さい時に仕事中の事故で命を落とした。だから俺には父の思い出がほとんどない。母はかなりの苦労をして女手ひとつで俺をここまで育て上げた。

　麻希と俺の母親の関係が怪しくなったのは、半年ぐらい前からだった。

　いよいよ結婚式場の予約を入れようとした時、麻希が父親の体調が良くないから延期したいと言ってきた。「それじゃあしょうがない」と最初のうちは気にしていなかったが、そのうちどんどん雲行きが怪しくなった。会えば喧嘩、それが煩わしくなり会わなければまた喧嘩。関係は急速に冷え込み、よっぽど新しく好きな男ができたのかと思ったほどだった。

〈電車がストップしていて、ちょっと遅れそうです。また、動き出したらメールします。麻希〉

麻希からのメールに気がついたのは、日比谷シャンテの前だった。『雪月花』が入っているビルはもう目と鼻の先だ。近くの喫茶店で時間を潰そうかと思ったが、ここまで来てしまえばお店で待った方がよさそうだった。

〈先に行ってビールでも飲んでいます〉

そうメールを入れると、俺は地下へ続く階段を下りていった。

「あら、垣島はん、おこしやす」

『雪月花』の女将が笑顔で俺を迎えてくれた。小さな白い花が描かれた白い和服を着ていた。

「いやー、ちょっと早いんですけど来てしまいました。席空いてますか？」

俺は店内を見回しながら話し掛けた。

「かまわしません。ほかでもない垣島はんやから」

女将はスタッフに、俺を奥の個室に案内するように指示を出す。

「どうも、ありがとうございます。じゃあ、先にビールでも飲んで待ってますんで、連れが来たら通して下さい」

「お連れさんは、いつものべっぴんはんですか」

麻希とは何度かこの店に来たことがあった。

「ええ、まあ」

女将は女子高生のような目をしながら、俺の言葉に微笑んだ。

俺は奥の小さな個室に通された。とりあえず生ビールと茶豆を頼む。部屋の中には、スタンダードな名曲をボサノバ風にアレンジした心地よいギターの音色が響いていた。

生ビールと茶豆とお通しを店員が持ってきた。喉が渇いていたのでビールはあっという間に飲み干してしまった。それでも麻希が現れないので、俺はビールのお代わりを頼むと同時に、この店の名物のざる豆腐もオーダーした。

「ごめんさい。すっかり遅くなっちゃって」

三杯目の生ビールを飲み干したときに、麻希は現れた。ベルトつきの黒のワンピースのせいか、いつも以上に肌が白く見える。普段は赤やピンクの服を好んで着ていたので、はじめて見るその黒いワンピース姿はずいぶん大人びた印象を与えた。

「もう、地下鉄が全然動かなくて」

アヒル口を尖らせながら麻希は言った。黒髪の緩やかなウエーブが乱れているのは、その交通機関の乱れと無関係ではないだろう。大きな黒い瞳、長いまつげ、久しぶりに麻希を見たが、相変わらずきれいだと思った。彼女がつけている小ぶりのダイヤのネックレスとピアスは、去年と一昨年、俺が彼女の誕生日にプレゼントしたものだった。

「今日、仕事は本当に大丈夫だったの？」

「ああ、今日はちょっと事情があって、『ショッキンナイツ』はお休みだから、ちょうど良かったよ」

ワールドカップなど、国際的なスポーツ中継などがあると俺の番組も休みになることがあった。俺の嘘をあっさり信じた麻希は、やってきた店員にカシスオレンジを、そして俺は四杯目のビールを頼んだ。

久しぶりに過ごす二人の時間は、あっという間に過ぎていった。

ビールの後にラフロイグの水割りを飲んでいたが、何杯お代わりしたかわからなくなっていた。彼女も甘いカクテルを数杯お代わりしていたが、いつになっても他愛のない話ばかりで、今日会って話すと言っていた『大事な話』は切り出さない。いや、何度か切り出そうとしていたのかもしれないが、その都度俺が話を逸らしていたのかもしれない。ただこうやってバカ話をしている間は、俺たちの間には何の問題もないように思えた。このまま時間が止まってくれたら、そんなことを考えたりもした。

「私もう、武史の番組が聴けなくなっちゃうかもしれない」

麻希は唐突に切り出した。

「なんで？」

「ニューヨークに行くことにしたの」

俺のグラスの中の氷が鳴った。

「ニューヨーク……。いつから、どのぐらい行くの？」

「明後日」

目を合わせずに、麻希は言った。

この部屋に麻希が入ってきてから、はじめての静寂が訪れた。ボサノバ風にアレンジされた『ニュー・シネマ・パラダイス』のテーマが流れていた。

「そりゃまた急だね」

「向こうの美術館でキュレーターの仕事が見つかったの。行ったら多分、二年間ぐらいは戻らないかもしれない」

俺は耳を疑った。二年とは、予想もしない長さだった。

「もう、決めちゃったんだ」

グラスを傾けながら俺は言った。ラフロイグはいつにも増して苦かった。

「勝手に決めたのは謝るわ。でも、会ってから決めたら、きっと決心できないと思ったから……」

よくない話だろうというのは想像していた。しかし、ここまで具体的な、しかも結論めいた話だったとは。

「婚約はどうなるのかな」

式場の予約こそしていなかったが、二人で婚約指輪まで決めていた。お互いの親も紹介し、共通の友人には結婚の報告もしてしまった。

「とりあえず、延期。……もしも、武史にいい人ができたなら、解消ってことでいいよ」

ありがたくもない提案だった。

麻希はちょっと極端な発想と、頑なな行動をする女だった。さらに一度決めたことは決してブレない。彼女の性格から考えると、おそらくこの結論は揺らがないだろう。

長い沈黙があった。

「新しく……、好きな人でもできたの？」

訊きたくはなかったが、訊かなければ納得できない。怖くて彼女を見られなかったので、グラスの中でラフロイグの氷が解けていくのをじっと見つめていた。

さらに長い沈黙があり、遂に耐え切れなくなって俺は目線を上げた。

麻希の目から大粒の涙が流れ落ちていた。

「ひどいことを言うのね。武史」

麻希は涙を拭おうともせず、俺をまっすぐ見つめている。

「今でも、武史が大好きよ。武史以外の人は考えられない。だから、ニューヨークに行くことにしたの」

新しく好きな人ができた。そう言ってくれた方がよっぽど納得できたし諦めもつく。しかしそうではないと麻希は言う。

ではどうして、俺たちは別れなければならないんだ。

「麻希。一体、俺のおふくろと何があったんだ」

今度は麻希が目を伏せて、汗をかいたカンパリオレンジのグラスに目を落とす。

「前は、あんなに仲がよかったじゃないか。あんな優しいお母さんとならば、仲良くやれそうな気がするって言っていたじゃないか」

「武史にはわからないのよ。実の親子だから。武史とお母さんの間に入って、うまくやれる自信がないの」

「大丈夫だって、確かにうちの親はちょっと変わっているけど、逆にサッパリしているからかえって付き合いやすいって」

彼女は左右に大きく首をふった。

「違うの。お母さんは武史を愛しすぎているの。お母さんの恋人はあなたなの。同じ女として、私、あなたのお母さんと争いたくないの」

確かに母親の俺に対する愛情が過多なのは事実だった。事前に連絡もせず、俺の部屋を掃除しに来たりすることもあった。しかしだからといって、それが結婚の障害になるほどのものとは思えなかった。

「考えすぎだよ、麻希。それとも、俺がマザコンだとでも言いたいわけ？」

「そんなことはないわ」

彼女は小さく首を振り、緩やかにウエーブされた長い髪が左右に揺れた。

「じゃあ、いいじゃないか。おふくろにもよく言っとくよ。それに結婚したって、同居するわけでもないし、大丈夫だよ」

麻希は俯いたままだった。長い髪が顔を隠し、どんな表情をしているのは見えなかった。そして長くて気まずい沈黙が続き、テンポの遅い寂しげな『フライ・ミー・トゥ・ザ・ムーン』が聞こえている。月にでも火星にでも、どこかに飛んで行きたい気分だった。

「わかっているの。多分、……武史が言うとおりだと思うわ。だけど私の心が動かないの」

麻希は、深刻なマリッジブルーになっているのかもしれない。

帰国子女の闊達さと、それとは真逆の臆病な内面。一人で内に内に考え込んで、自縄自縛になってしまったのではないだろうか。

遂に麻希は、声を上げて泣きはじめた。

彼女を泣かせているのは誰だろう。母なのか、俺なのか。それとも彼女自身なのか。

この状態で、結論をせかしてもいい結果はでないだろう。そういう意味で冷却期間を持つのは悪い考えではなかった。しかしニューヨークは遠く、そして二年の月日は長過ぎる。

かける言葉が見つからなかった。

しかしこのまま沈黙を続ければ、一秒ごとに麻希の提案を肯定してしまうような気がしていた。

麻希は、何か決定的なことを俺が言うのを待っている。俺は大きく息を吸って、麻希の目を真っ直ぐに見た。

「わかった。おふくろとは親子の縁を切るよ。もう二度と、おふくろと会わないようにするよ」

俺の言葉に反応して彼女は顔を上げた。視線と視線が絡み合った。

「だから改めて言う。俺と結婚してくれ」

母か彼女か、二者択一をするならば、そう答えるしかないだろう。俺は持っていた最後のカードを切ったつもりだった。

「違うの！」

怒ったように彼女は叫んだ。

「武史にそんなことできるわけがないじゃない。だから、武史にはわからないって言ったのよ」

彼女も親も失わない方法がないのだから、親を捨てて彼女を取った。しかしそれも否定されてしまったら、俺はどうしたらいいのだろうか。

親子の縁を切る。確かに現実的にはそんなことができるわけはないし、それで問題が片付くはずもなかった。問題は麻希の心の中にあった。硬く閉じた彼女の心を、何か魔法のような言葉で開かなければならない。しかし、出せるカードは全て使い尽くした。それでもまだ、この俺にもう切れるカードが残っているとは思えない。

グラスの中の氷はすっかり溶けた。水なのかラフロイグなのかわからない、薄い褐色の液体を口にする。なんとも冴えない味だった。

しかし、ここで彼女のニューヨーク行きを引き止めたところで、明日の夜に、俺が殺されてしまえばそれまでだ。『ノビコフの因果律』。過去に戻っても一度起こってしまったことを修正することができないのならば、明後日、彼女が飛行機に乗る前に既にこの世に俺はいない。俺に彼女を引き止める資格があるのだろうか。このまま何も知らずにアメリカで新しい生活をスタートさせた方が、彼女にとって幸せなのではないのか。

「ちょっとトイレに行ってくる」

とにかく考えを整理したくて、俺は席を立った。

部屋を出るとテーブル席のざわついた声が耳についた。午前零時に近いのに、かなりのテーブル席が埋まっていて、スタッフが忙しそうに動いている。遠くに女将の顔が見えたが、目で挨拶をして厨房に去っていった。

トイレには誰もいなかった。用をたしながら俺はもう一度考えを整理する。このままだと麻希は明後日、ニューヨークへ行ってしまう。彼女が今でも俺を愛していることは間違いないし、もちろん俺も彼女を愛している。問題は俺のお袋だ。明日、無理やりにお袋と麻希を会わせて話し合いの場を持つというのはどうだろうか。荒療治だが一気に問題が解決するのではないだろうか。

それともしばらく冷静になる時間を作った方がいいだろうか。そして一、二ヵ月後に、俺がニューヨークに飛んで彼女を説得したらどうだろう。いい考えのような気もしたが、一度日本を離れてしまえばもう二度ともとには戻らないような気がした。

誰かがトイレに入ってきた。俺が立っているすぐ後ろの個室のドアが閉まった。

一、二ヵ月後にニューヨークに行くためには、俺は番組を一週間ぐらい休まなければならない。スポンサーの問題、代役のパーソナリティーの問題など、その調整は簡単ではないので、俺は一週間の休みを確保できるかわからない。そもそも俺は、『ノビコフの因果律』から逃れて、明後日以降、生き延びることができるのか。

用を済ませた俺は洗面所で手を洗った。

鏡に映った自分の顔は、薄暗い照明のせいか随分情けないものに見える。ダブルのスーツが似合う恰幅(かっぷく)のいいオヤジがトイレに入ってきて、それに続いて銀縁の眼鏡の若手サラリーマンもやってきた。若いサラリーマンがダブルのスーツのオヤジに、しきりに追従の会話をしているのが聞こえた。

考えがまとまらないうちにトイレを出て、麻希がいる個室の前に戻ってきてしまった。

既に彼女の涙は止まっていた。席に戻った俺の顔を彼女はまっすぐに見つめた。寂しそうな、それでいて何かすっきりとした眼差しをしている。

「これ……、返すね」

麻希はハンドバックから何かを取り出すと、それをテーブルの上に置いた。「ゴトリ」という鈍い金属音がした。それは俺のマンションとアルファ・スパイダーの鍵だった。二つの鍵がキーホルダーに繋がれていた。それは初めてデートをした時に、俺が買ってあげたキーホルダーだった。

「今までとっても楽しかった。ありがとう」

俺は何も言えず、呆然と彼女の眼差しを見つめていた。

「明日の放送が私にとっての最終回だから、楽しい放送にしてね」

麻希は笑顔でそう言うと席を立った。

「ちょっと待って……」

俺は慌てて麻希の腕を掴んだが、俺が引き止めようとした力よりも、麻希が出ていこうとした力の方が強かった。

麻希を追って部屋を出ると、逃げるように出口に向かっていた彼女の背中が見えた。

「麻希！」

俺の声に振り返る麻希の目から、大粒の涙が流れていた。

それを見た瞬間、俺は言葉を失った。

これ以上何をしたところで、麻希の涙を止めることはできない。

虚しさを感じながらふと腕の時計に目をやると、午前零時になろうとしていた。あと数分でここに過去の自分が来ることを思い出し、俺は慌てて個室に戻り机の上の伝票を掴んだ。

四四

『ハイランド』のカウンター席に座って、俺は目の前のボトルを眺めていた。バーボン、スコッチ、コニャック、テキーラ、ウオッカ、世界中のアルコール飲料のビンの前で、マスターがグラスを磨いている。奥の席のカップルは二人の世界に浸っていて、俺のことを気にする様子もない。何かを察したマスターが、無言でラフロイグの水割りを俺の前に置いた。

『雪月花』を出た後に、麻希に電話をしたが、電源が切られていて通じなかった。俺は自分のスマホをじっと見つめる。このまま連絡がつかなければ、麻希は本当にニューヨークに旅立ってしまう。

店内には古いジャズが流れていて、トランペットの音色が切なく聞こえる。今日何杯飲んだかわからないラフロイグを改めて口に含み、顔をしかめて大きな溜息を吐いた。パーカーのポケットに右手を突っ込むと、指先に何か硬いものが触れる。取り出してみると、麻希が返した合鍵だった。

これを返してきたということは、もう麻希は俺に会う気がないということだろう。少なくとも俺のマンションには来るつもりはないはずだ。

やはり二人の関係は、終わってしまったのかもしれない。

いっそ明日の深夜に、過去の自分に殺されてしまえばいいような気もする。

『雪月花』で麻希に会うまでは、明日の深夜に、俺がわざわざM埠頭に殺されに行く理由が見つからなかった。しかし今ならば、行ってしまうような気がする。俺の心の中に、消極的な自殺願望が芽生えていた。明日死ぬ運命の男が、その前日に人生最大の失恋をしただけなのかもしれない。

奥のカップルが、肩を組んで店を出て行った。今が楽しくてしょうがないという空気が二人を包み込んでいた。俺と麻希も二、三年前はあんな感じだった。

パーカーのポケットに両手を突っ込んで、俺は大きく息を吐いた。左手の指先に何かやわらかいものが触れたので引っ張り出すと、それは会社の医務室でもらった薬袋だった。

二週間前に医務室に行き、医務室の医者が処方してくれた睡眠薬だった。寝付けないことを相談したら、あっさりこれを出してくれたので驚いた。しかし飲むのが怖くて、相変わらずアルコールに頼っていた。その睡眠薬はハルシオンだと聞かされていた。

これを今、全部飲んだら死ねるのだろうか。

アルコールで朦朧（もうろう）とする頭の中で、やってはいけないことを試したくなった。俺は薬袋の中から睡眠薬を取り出すと、プラスチックの部分を押してハルシオンを一錠取り出した。小さな錠剤がバーの暗い照明に映し出されて怪しく光る。

「ハルシオンですね」

びっくりして声の方を見ると、マスターがグラスを磨く手を止めて俺の指先を見つめている。

「どうしてこの薬が、ハルシオンだってわかったの？」

再び手を動かしはじめたマスターに向って俺は訊ねた。

「情けない話ですが、私も不眠症で、時々服用しているんです」

若干後退した髪の毛、丸い銀縁眼鏡、口ひげ、マスターは年齢がわかりづらい容貌で、四十代後半、ひょっとしたら五十代かもしれない。

「そうなんだ。この薬って利くの？」

「ええ、もちろん。一錠でぐっすり寝れますよ」

そんな凄い効き目があるのかと感心する。

「でも昔の睡眠薬と違って、大量に飲んでも死ねませんよ」

マスターは俺の考えを見抜いていたのだろうか。

「睡眠薬を飲んで自殺をしたとかいうニュースがあるけど、あれは違う薬なんだ」

「致死性が高いのはバルビツール酸系です。そんな強力な薬は、お医者さんも滅多に出しませんから」

「なるほどね。いや、お医者さんがあまりにも簡単にこの薬を出してくれたんで、逆に不安になっちゃって飲めなかったんだよ」

「ハルシオンはベンゾジアゼピン系です。もっともそれだって犯罪に利用されるから、イギリスでは販売が中止されてるんですよ」

いつもは寡黙なマスターだが、今日はちょっとだけ口数が多い。

「なんでそんなに詳しいの？　ひょっとして元薬剤師だったとか」

「さあ、どうなんでしょうね」

謎の微笑でマスターは応えた。

「ねえマスター、明日死ぬとわかっていたら、マスターは最後の一日をどう生きる？」

俺の突拍子もない質問に、グラスを磨いていたマスターの手が止まる。しばらく宙を見上げてその質問の答えを探していた。

「もしも明日で死ぬとわかったら、お店のお酒を全部無料にして、お世話になった人とともに飲み尽くしますね」

「はは、そりゃいいや。その時は俺も呼んで下さい」

「もちろんです」

丸い銀縁眼鏡の奥の目が笑った。

「垣島さん、何か悩みでもあるんですか」

俺の手のひらの上のハルシオンを見ながらマスターは言った。

「別に何でもないです。ただ薬を見たかっただけだから」

俺はそう言いながら、その一錠をジーンズのポケットに押し込んだ。

「そうですよね。もう薬なんか飲まなくても、アルコールだけで充分熟睡できると思いますよ。それともまだ何か飲まれますか」

マスターはグラスを磨きながらそう訊いた。

四五

『ハイランド』を出た俺は、流しのタクシーを止めてなだれ込むと、車が走り出すや一瞬にして眠りに落ちた。そしてすぐにタクシーの運転手に起こされたと思ったが、そこは俺のマンションの前だった。

ふらふらとエントランスに入り、エレベーターホールに向かう。マンションの管理人と目が合った。エレベーターが七階につき、ふらふらになりながらも自分の部屋の前にたどり着く。ズボンのポケットから鍵を取り出して、鍵穴に差し込みロックを外した。

ドアを開いて靴を脱ぎ捨てようとしたが、コムチャット男のスニーカーがなかなか脱げない。玄関に腰を降ろして靴紐をようやく解き、ベッドルームに向かう。パーカーを脱いでクローゼットにしまい、そのままベッドに倒れ込もうとしたが、尿意が俺の意識を覚醒させる。よろよろと廊下を歩いてトイレを目指した。転ばないように慎重に足を運び、トイレの横のスイッチを入れる。そして勢いよくドアを開けた。

その中に人が入っていてびっくりする。

俺そっくりの男が、便器に座ったまま情けない顔で俺を見ていた。怯えた目が涙で潤んでいる。

「あ、すいません」

思わず謝ってしまった。人が個室トイレに入っている扉を開けてしまうほど、びっくりすることはない。ちゃんと鍵を掛けてくれればいいのに。

「あ、そうかそうか」

俺はそう呟きながらトイレの扉を閉めた。

水曜日の夜に、過去の自分と遭遇することを思い出した。今、トイレの中の俺、つまり過去の自分は、向かいのマンションから狙撃されそうになっているところだった。今、彼は生きるか死ぬかの瀬戸際だと思っている。しかし、俺はその先の未来を知っている。「今は大丈夫。殺されることはないから」そう言ってあげようかと思ったが、むしろ心配しなければいけないのは俺の方だった。

それを思うと、まだアルコールが足りなかった。充分過ぎるほど飲んではいたが、まだアルコールが俺の意識を奪うにはいたっていない。

キッチンのサイドボードに、二十五年もののラフロイグ・カスクストレングスが目に入る。普通は十年もののラフロイグを、二十五年も熟成させた高級品だった。いつか特別な日のため買っておいたものだった。

『もしも明日で死ぬとわかったら、お店のお酒を全部無料にしてお世話になった人とともに飲み尽くしますね』

マスターのセリフを思い出した。

明日死ぬかもしれないというのに、大事にこの酒を取って置く意味はいだろう。そのビンテージウイスキーのボトルの栓を抜くと、シェリー樽の甘い香りが鼻腔を満たす。いい匂いだ。持っていたグラスに気前良く褐色の液体を注ぎ一口飲んでみる。残念ながら酔いが回って、味はさっぱりわからなかった。

味覚だけでなく手元も麻痺したのか、ボトルが手に当って倒れ、中身を床に大量にこぼしてしまった。ティッシュでこぼれた酒を拭いていると、シェリー樽の香りにスモーキーな香りが加わった。フルーティーでなんとも幸せな匂いがキッチン全体に広がった。こんな情けない気分で、このウイスキーの素晴らしい香りを堪能(たんのう)することになろうとは。

グラスを片手に、俺はソファに腰を下ろした。

鍵をテーブルの上に放り投げる。二つの鍵が付いたキーホルダーが小さく躍って、テーブルの向こう側に落ちた。てっきり自分の鍵かと思っていたが、部屋を開けるのにさっき使ったのは麻希の合鍵の方だった。持ち主のいなくなったその鍵を拾いなおす気力も起きない。

ついにこの合鍵が、この部屋に戻ってきてしまった。

麻希はどういう気持ちでニューヨークに行く決心をしたのだろう。俺から逃げるためなのか。それとも本当は、俺に引き止めて欲しかったのか。いくら考えても答えは出ない。そもそも明日死んでしまうかもしれない俺に、その答えは必要なのだろうか。

ラフロイグ・カスクストレングスを大きくあおる。アルコール度数五十一度の液体が俺の食道を熱く焼いた。このウイスキーは、俺が七歳の時に作られたことになる。そんな時間を経て巡り合ったのに、床にこぼしてしまったとは申しわけない。

時間って何だろう。

アインシュタインではないが、俺はふとそんなことを思った。麻希と付き合って三年。俺が生まれて三十二年。そしてこのラフロイグが二十五年。確かに時間は絶対的ではない。

人の一生でも、時間は見事に「相対的」に流れている。もう一度タイムスリップができて好きな時に戻れるとしたら、俺は人生のどのあたりに戻りたいだろうか。

グラスにはまだ三分の一ほど褐色の液体が残っていた。それを一気に流し込むと、さすがに喉が焼けてむせた。咳とも嗚咽（おえつ）とも知れない情けない音が喉から出て、涙が出そうになる。何か音がないかとテレビのリモコンを探し、新聞の下に隠れていたリモコンを左手で持ちその中のボタンを強く押す。

その瞬間、部屋が急に明るくなった。

手にしたリモコンをよく見ると、テレビのリモコンだと思っていたのは部屋の蛍光灯のリモコンだった。

ベランダの方で何かが砕ける音がした。

窓際にいた過去の自分が横っ飛びに跳ねて、壁の電気のスイッチを切った。部屋が再び真っ暗になり、過去の自分が部屋の隅で次の銃撃に怯えている。暗闇に二つの目が爛爛（らんらん）と光っていたが、そんなに怖がる必要がないことは、今の俺にはわかっていた。やっぱり『ノビコフの因果律』の話を説明してあげようか。

そう思った時には、俺の瞼は既に重たくなっていった。

四六

目が覚めたはずなのに、真っ暗で何も見えなかった。

背中にゴツゴツとした硬いものが当たっている。体を丸めたままの姿勢で狭い空間で寝ていたようで、反射的に背筋を伸ばそうとしたら何かに大きく頭をぶつけてしまった。一体ここはどこなんだと思い、右手を伸ばすとすぐに何か壁のようなものに触れる。どこかに閉じ込められているようで、左手を伸ばしてみるとやわらかい感触があった。

それを強く押してみると、壁らしきものが少しだけずれて光が差し込む。押さずに横に引いてみると、日差しが差し込み目が眩(くら)んだ。壁だと思っていたものは押入れの襖で、俺は押入れの下段に閉じ込められていた。

どうしてこんなところにいるのだろうか。

しばらく状況が掴めなかったが、一回目のタイムスリップをした後に、自分で自分をここに押し込んだことを思い出した。ライダージャケットの男は、浜口たちと逃げた過去の自分を追ったので、ここにいる俺の方はノーマークになったのだろう。

部屋には誰もいなかった。最初の自分、つまり一回目のタイムスリップをする前の自分も、外出していた。

遂に木曜日の昼になってしまった。人生最後の日になるかもしれない今日、俺は何をするべきか。

シャワールームで熱い湯に打たれながら、色々なことを考える。

有り金を全部ギャンブルにぶちこもうか。大穴が当たったときの快感は今でも忘れられない。しかし、今日、死ぬかもしれない人間が大穴を当てても、きっと空しいだけだろう。どこかに旅行に行くというのはどうか。これは現実的に不可能だろう。飛行機に乗ろうとした瞬間に、また因果律でどこにも行けないはずだ。美味いものを食べるというのはどうだろう。もしも今日の深夜に殺されてしまうのならば、昼飯と晩飯、残された食事のチャンスはあと二回しかない。最後の晩餐(ばんさん)に俺は一体何を食べればいいのだろう。高級フランス料理、霜降りの松坂牛、銀座のすし屋、それともいつもの牛丼チェーンの特盛か。

ソフトモヒカンにドライヤーをあて外出の準備をする。洗濯機の中から比較的汚れが少ないTシャツを探し出し、いつものジーンズを履いた。

その上に何を羽織るかが問題だった。クローゼットの中でこのコーディネート的にありうるのは、赤いブルゾン、そして黒い革ジャン。黄色いジャケットはユキの家に行った過去の自分が着ているはずだ。モスグリーンのパーカーは、昨晩、俺を押入れに押し込んだ方の過去の自分が着ているだろう。

ここで何を着るかは、この後の過ごし方に影響する。『因果律』によれば、俺がこの黒い革ジャンを着てM埠頭に行く運命は変わらない。しかし俺は、まだその運命を受け入れることができなかった。俺は赤いブルゾンを手に取ると、それに袖を通して部屋を出た。

一階で管理人と目が合った。

管理人はじーっと俺を見つめていたが、俺はその視線を無視して駐車場の赤いオープンカーに乗りこんだ。キーを回すとエンジン音が駐車場に轟き、排気ガス中のガソリンの匂いが鼻についた。

四七

用賀から東名に乗って西に向かう。そして厚木から小田原厚木道路に乗り換えた。目指しているのは小田原、俺の母親が住んでいる街だった。

出掛けに実家に電話をしたが、相変わらず留守だった。さすがに母親と連絡が取れないことが心配だったし、麻希のことで訊きたいこともあった。俺の知らないところで母と麻希に何かあったとすれば、それを知らなければ麻希を説得することもできない。

俺は小田原の小さな借家で育った。幼い時に父を亡くしたが、俺は周りの子供たちと何ら変わらない少年時代を過ごしたと思う。唯一違ったのが母が時々、筆耕の仕事をしていたことだった。母は書道の免許を持っていて、小さな子供がいても家で仕事ができる筆耕の仕事を見つけてきてはせっせと筆を動かしていた。

母はそつなくこなしていたが、肩も凝るだろうし、それでいて大した収入になるわけでもなかった。子供ながらに家が貧乏なことはわかっていたから、できるだけ母の仕事の邪魔をしないように、お絵かきやブロック遊びなど、俺は一人で静かに遊ぶことが好きな子供になっていた。

そんな筆耕中の母の楽しみがラジオだった。

手と目を動かしながらも耳だけで楽しめるのがいいと言った。当然、俺も一緒にラジオを聴くようになった。難しいトークはわからなかったが、音楽は夢中になってすぐに覚えた。年齢の割には古い歌謡曲を知っているのは、そんな母の影響だった。

そんな昔のことを思い出しながら、俺はハンドルを握り続ける。赤いオープンカーは風の中を西に向かって疾走し、周りの景色がみるみるうちに後方へと流れていく。

小学生になると、俺はラジオを自分の寝床に持ち込むようになった。深夜に聞くラジオには、夢のような世界が開けていた。音楽、人気タレントのトーク、プロ野球中継、若者向け人生相談。そして当時は、ラジオドラマも放送されていて、ショートショートのミステリードラマを、俺はドキドキしながら聴いていた。

笑い声を堪えるのが大変だった時は、ふとんの中に籠もって外に音が聞こえないようにしてラジオを聴いた。下ネタが多い放送は母親に聞こえていないか心配だった。やがて番組にハガキを出すようになり、初めて自分のハガキが読まれた時、俺はとんでもないことをしてしまったような気分になった。

車は小田原厚木道路を快適に走り、丹沢の山々が徐々に大きく迫ってくる。俺はアクセルを踏み込むと、隣を走るライトバンを一瞬にして追い抜いた。

俺が小学校に行くようになると、より収入のいい仕事を求めて母は外に働きに出た。パートタイムという言葉が使われ出した時代で、スーパーのレジ打ち、弁当屋、何かの機械の組み立て工場……、どれもありふれた地味な仕事だったと思う。

工場とか人目につかないところで働くのはいいのだが、スーパーのレジ打ちみたいな人目に触れる仕事だと困った。何故かクラスの誰かがそれを聞き付けて、「武史の母ちゃんを見に行こう」という話になるのだ。こっそりみんなで見に行くと、派手で似合わない制服を着た母が、見知らぬオヤジに頭を下げていた。見てはいけないものを見てしまったかのように、友達は無言のままその場で解散した。

その時は本当に悲しかった。その夜、母に「あんな仕事はかっこ悪いからやめてくれ」と言ってしまった。母の哀しいような困ったようなあの顔はいまだに忘れられない。それ以降、母は遠くの人目に触れない仕事をするようになった。

伊勢原あたりから続いていた田園風景から、山々の木々が目立つ景色に変わっていた。この山を越えるともう小田原だ。春の爽やかな日差しが屋根のない運転席に注ぎ込む。ひんやりとした風も心地よい。

母親に会うのは三ヵ月ぶりだった。

麻希と母の関係がおかしくなった頃に、実家に戻って以来だ。母親は、俺と麻希の関係がここまで悪化しているとは思っていない。結婚が遅れているのは俺の仕事の都合だと言ってあったし、ましてその原因の一端が自分にあるとは夢にも思っていないだろう。母は麻希のことをすっかり気に入っていて、近所の仲良し連中に自慢していたぐらいだった。

俺はウインカーを左に出して、バックミラーに目をやった。後続車が来ないことを確認し、素早く車線を変更する。さらに出口の看板が近づいてきたので、もう一度ウインカーを出した。

四八

母は駅の近くの安いアパートに住んでいた。

俺が就職して仕送りすると提案したが、そこから引っ越すことはなく、「どうせ一人暮らしだし、近所の人とも仲良くなっちゃったから」と言ってそのアパートから離れようとはしなかった。

母が住む二〇三号室の前に立ち、久しぶりにドアのチャイムを鳴らしたが、何の応答もなかった。ひょっとしてこの部屋の中で、孤独死をしているのではないかと心配になり、二度、三度と、チャイムを鳴らした。

「母さん、俺だよ、武史だよ。中にいないの」

しかし中から反応がない。

「母さん。中にいないの？」

ドアを強めに叩いていたら、隣の部屋のドアが開いた。

「あら、武史ちゃんじゃないの」

アパートのお隣さんで、母の友人が顔を出した。

「あ、どうも。ご無沙汰しています。母、買い物かなんかですかね？」

「あら、武史ちゃん聞いてなかったの？」

彼女が目を丸くしてそう言った。

「母が、どうかしたんですか？」

「お母さん、今月から病院に入院してるのよ」

母が入院している病院は、駐車スペースが百台もある総合病院だった。赤いオープンカーは不釣り合いなところだったので、俺は隅の目立たないところに車を停めた。

診察の順番を待つおばあちゃん、松葉杖をした中年男性、腹が大きい妊婦、ロビーはたくさんの人々が静かに順番を待っていた。誰に何を訊いたらいいのか戸惑ったが、なんとか母の病室を教えてもらった。

母の病室は四階だった。あの元気な母が入院したのが信じられなかったが、病室のプレートに母の名前を見つけ一気に不安と現実感が増した。病室にはベッドが四つ並んでいて、それぞれが白いカーテンで囲われていた。空いているベッドはないようだったが、話し声ひとつしない静かな部屋だった。

「あら、武史ちゃんじゃないの」

不意に後ろから声がした。寝巻き姿の母が立っていた。

「いつも言ってるけど、三十もとっくに越えてるんだから、その武史ちゃんっていうのは止めてくれよ」

「よくここがわかったわね」

俺の抗議をスルーして母は言った。そして俺の横をすり抜けてベッドの上に腰掛ける。

「同じアパートの近藤さんに聞いたんだよ。入院したならしたで電話の一本ぐらいくれればいいじゃないか」

「何度も電話はしたのよ。でも武史ちゃんが忙しくて、電話に出てくれないから」

俺は緑色の丸椅子に腰かける。

「留守電に入れればいいじゃないか」

「お母さん、あれ、苦手なのよね。なんか緊張しちゃって」

母の機械音痴はかなりのものだった。さんざん説得してやっと携帯を持ってくれるようにはなったが、自分でかけることは滅多にない。

「ったく。で、病気は大丈夫なの？」

「うーん、よくわからない。なんか、胃かいようみたいな病気みたいよ」

そう言いながら、母はテーブルの上にあったりんごを取った。

「りんご、むくけど、食べる？」

誰かのお見舞いの品だろう。テーブルの上に籠に入った果物セットがあった。母はその中から赤いりんごをひとつ取った。

「ああ」

「仕事の方はどうなの？　相変わらず不規則なの」

母は果物ナイフでりんごをむきながらそう訊ねる。

「まあ、規則的に不規則だよ。夜の番組の生放送だからね。お昼ごろに起きて夜に生放送やって、それから飯食って朝方に帰って寝るって感じかな」

「食事はちゃんと摂ってるの？」

母はりんごをむく手をちょっと休めて、心配そうな表情で俺に訊いた。

「うーん、外食が多いかな。一日二食しか食べないかな」

「どんなところで食べてるの」

母と会うといつもこんな調子だった。自分が入院しているくせに、一人暮らしの子供の健康状態を気にしていた。

「昼はチェーンの牛丼屋やファーストフードが多いかな。あとはラーメンとかだね。夜は仕事の連中と居酒屋とかで済ますことが多いけど、一人の時はコンビニ弁当とかで済ませちゃうかな。最近のコンビニ弁当はなかなか美味いよ」

「だけど栄養のバランスがね。それで仕事の方はどうなの。お母さんもあなたの番組をよく聞いてるけど、あの番組は面白いの？」

「母さん、『ショッキンナイツ』聴いてるの」

「毎日じゃないけれどね」

母親にあのくだらない放送を聴かれているとは思わなかった。母のラジオ好きは昔からだったが、夜はすっかり公共放送か、あとはさっさと寝ているものだと思っていた。番組で話した数々の下ネタやくだらないギャグなど、あれらを全部聴かれていたと思うと恥ずかしい。

「母さんは、あの番組は面白いと思うの？」

敢えて訊いてみた。中高年リスナーに俺の番組は受け入れられるのだろうか？　一番身近な番組モニターだ。

「お母さんは、ほら、武史ちゃんがしゃべってたらそれだけで面白いから。ちゃんとした評価はできないんじゃないかな」

意外と冷静な答えが返ってきた。

「あっそう。まあ、番組は大丈夫だと思うよ。最近、聴取率も上がってきて、ラジオ業界では、それなりに有名なんだよ」

「だけど一緒に仕事をしている人たちの悪口は、あまり言わない方がいいと思うわね。東大を卒業したディレクターさんには、もう少し優しく接してあげた方がいいんじゃないかしら」

番組のネタとして東大君をいじっていたが、母親からそんなアドバイスをもらうとは思わなかった。

「そうそう、アパートの向かいの石田さんのお嬢さん。あの下の方の娘さんが、今、中学生なんだけど、学校に武史ちゃんの番組のファンがいるって言ってたわよ」

「ああ、そうなんだ。ありがたいね」

「今度、サインもらってきてって言われちゃったわよ」

「俺の？」

「そう、武史ちゃんの、笑っちゃうわよね」

嬉しそうに笑いながら、母はむき終わったりんごをテーブルに置いた。八等分に切られたりんごに爪楊枝が刺さっていた。俺はその中のひとつを取って口に入れた。

「美味しいわね」

母はりんごを食べながらそう言った。

「ああ、……美味しいね」

とは言ったものの、本当は美味しくも不味くもない、ごく普通の味のりんごだった。味気ない病院食を食べているとこんなものでも美味しく感じるのだろうか。人生最後になるかもしれない日に、母の顔でも見ておこうと車を飛ばしてここまで来た。このりんごが母との最後の晩餐になるかもしれない。俺は黙って二つ目のりんごを口にする。そして美味くも不味くもないりんごの味を噛みしめる。

「ところで、麻希さんとはどうなってるの」

いきなり核心に触れてきた。

「とりあえず、……結婚式は、延期だね」

「あら、残念ね。どうしたの？　喧嘩でもしたの？　あんなに仲がよかったじゃないの」

やはり母は、自分にその原因があるとは夢にも思っていない。

「母さんさー、最後に彼女にあったとき、何かきついこととか言ったりしなかった」

「きついこと？　例えば」

母親は眉間に皺を寄せて考える。

「ちょっとした嫌味とか、何か彼女が傷つくようなこと。ほらドラマとかで良くあるじゃん。嫁姑問題で喧嘩になるようなこととかさ」

「さあ、特には思い当たらないけど」

さらに母はちょっと考えた。

「敢えて言うなら、アドバイスみたいなことは言ったかも。メイクはもっとナチュラルな方が似合うとか、ファッションもワンピースばかりじゃなくて他の服も見てみたいとか、あと、武史ちゃんの食生活が不規則だから。料理は勉強した方がいいとか。でもそんなことお母さん誰にでも言うわよ。それで揉めたりしたこともなかったから」

昔からこんな感じだった。

母は裏表のない性格で、嫌味や陰口を言うタイプではない。だからそれらも本当に麻希のためを思って言っているのに間違いはなかった。しかしそこが世間全体とはずれていて、普通はもう少しオブラートに包んだり、敢えて口にしなかったりするものなのだろう。血のつながった家族だったら問題はないが、息子の恋人に言うにはきつ過ぎるのだろう。

麻希も同じようなタイプだったので、案外上手くいくかと思っていたが、実はそれは俺の勘違いで、彼女は結構傷つきやすかった。本音を言い過ぎる母と繊細過ぎる麻希。確かに組み合わせはよくはなかった。繊細過ぎる姑と本音炸裂の嫁、逆だったら上手くいくのかも知れない。

「お母さんが原因で、あなたたちの結婚が延期になってるっていうわけ」

「いや、そういうわけじゃないんだけど」

本当はそういうわけだったが、ここでそう言ってしまうとますますこじれる可能性があった。

「彼女が今度、仕事でニューヨークに行くことになったんだよ。前々からの夢だったしせっかくのチャンスだから……、だから結婚はちょっと延期になったんだ」

母の顔に翳が差した。

「そう、それならばしょうがないけど……、で、麻希さんはニューヨークにどれくらい行ってるの？」

「うーん、よくわかんないけど、一年、いや半年ぐらいは行ってるんじゃないかな？」

「半年も」

「武史ちゃん。お母さん、実はね……」

母は突然、真剣な表情になった。

「何？」

母は何かを言いかけて、しばらく言葉を捜していた。

「いや。やっぱりいいわ。ちょっと疲れたから横になるわね」

母は言いかけた何かを飲みこんで、ベッドに横になり病院の白いふとんを自ら掛けた。

「入院代とか大丈夫？」

「まあ、お金はあるんで心配してくれなくても大丈夫よ」

母は俺に背を向けたままそう答えた。母が何かをしゃべり出すのを待っていたが、そのまま寝てしまったのか、母は何もしゃべらなかった。

「垣島さんの息子さんですよね？」

若い看護婦に話しかけられた。

「はい、そうですが」

「担当医の青木先生が、垣島さんとお話をされたいそうなので一緒に来てくれませんか」

四九

青木先生は俺と同じぐらいの年齢だった。銀縁の眼鏡をかけていて、ちょっと気弱そうな雰囲気の母の担当医から、丸椅子に座るようにうながされた。机の上のモニターには、何枚かの胃のレントゲン写真が表示されていた。

「垣島さんは、お父様を若くして亡くされてるんですよね」

「はい。そうです」

「ご兄弟は？」

「一人っ子ですので、兄弟はいません」

「そうですか。じゃあ他にお身内の方は？」

どうしてそんなことを訊くのだろうか。

「母一人子一人での二人家族で、ずーっと暮らしてきたので。まあ親戚はそれなりにいますが……、先生、母の病気はどうなんですか」

「これがお母さんのレントゲン写真です。倒れて救急車で運ばれてきた時には、胃に腫瘍ができていました」

「しゅよう……ですか？」

「それから三日後の検査で肺と肝臓にも同様のものが見つかっています」

「それは良性ですか。それとも」

「悪性です。わかりやすく言えば、胃がんということになります。一部、すい臓などにも転移が見られます」

「母は、母は助かるのですか？」

「残念ながら、現在の医学では不可能です」

銀縁の眼鏡をずり上げながら、青白い顔をした若い医師が俺の顔をちらりと見た。

その瞬間、俺の周りの景色がぐるぐると回っているような感覚になった。あんなに元気だった母が、胃がん。しかももう助からないとは……。信じられなかった。

病状を淡々と伝える担当医の言葉が遠くの方で聞こえていた。俺はもう一度、レントゲン写真を映し出しているモニター画面を凝視した。そこには白い胃の形をした画像とともに、確かに母の名前が表示されていた。

「私としては抗がん剤の投与をお勧めします。そうすれば余命を長くすることはできるでしょう」

余命という言葉でわれに返った。

「母はあと、どのぐらい生きられるのですか」

「このままだとあと半年でしょう」

本当なのか。このままだと母は、来年の桜は見られないということなのか。

「母はこのことを知っているのですか？」

「はい、お伝えしました。ご家族の連絡先を教えてもらえなかったので、やむなくご本人に……」

母は自分ががんで助からないことを知り、俺に電話をかけてきたのだろう。

「どうでしょう。抗がん剤について、息子さんからも話してもらえませんか。完治はできませんが、延命には効果があります」

母は抗がん剤治療を躊躇(ためら)っているようだった。

「抗がん剤治療は、重い副作用があるとよく聞きますが」

「確かに。まず髪の毛が抜けます。吐き気や倦怠感も伴います」

「それでよくなったりするのですか？」

「正直言って可能性は低いです。しかし余命を延ばすことはできると思います」

そこまでしてあの母が、長生きしたいと思うだろうか。病院のベッドの上で苦しみながら少しばかり長生きするより、むしろ残された人生で美味いものを食べて好きな所に行って気ままに過ごす。そんな生き方を選択するように思えた。

「母は何と言っているんですか」

「迷っていらっしゃるみたいです」

しかし、死への恐怖はあるだろう。実際にその身になってみなければ、母の本当の気持ちはわからない。

病床でさっき母が何かを言いかけたのは、きっとこのことに違いない。母も抗がん剤治療をするべきか、迷っているのだろう。

「あくまでこれは患者さんとご家族の意思を尊重します。担当医としてお勧めはしますが強制はしません。とにかくご家族でよく話し合われて下さい」

その後、医者が何をしゃべったのかはよく覚えていなかった。それでも俺は「わかりました」と答えて部屋を出た。

売店の横の自動販売機で缶コーヒーを買った。ロビーのソファに腰掛けて、缶コーヒーを飲みながら考える。

あの母ががん。余命は半年……。抗がん剤治療。全てにおいて現実感がなかった。

一体、何がベストなのだろうか。母だけの問題だったら、多分抗がん剤治療は受けないだろう。

残りの人生、どう過ごしたら母は幸せだろうか。海外旅行、温泉、好きな所へ行って好きなものを食べる。いや、それすら選ばないかもしれない。普段どおりに生活してちょっとだけ贅沢(ぜいたく)をする。そんな人生を望むかもしれない。

しかしもしも俺が結婚したらどうだろうか。

きっと次元の違う喜びに期待するだろう。結婚式まで抗がん剤の苦しみに耐えて、長生きしたいと思うかもしれない。出来れば初孫の顔を見るまでなどと思うかもしれない。

そこは生きる希望の問題だろう。母に希望を与えるためにも、麻希を説得してすぐに結婚式を挙げる。こんなに説得しやすい理由はなかった。麻希もあっさり了承するかもしれない。

しかしそれでいいのだろうか。

麻希のことだから、このことを話したら結婚を断れなくなってしまうかもしれない。そんな中途半端な形で結婚したら、麻希も俺も一生後悔してしまうのではないだろうか。

むしろこのままきっぱり別れた方がいいのではないか。そして新しく恋人を作り、半年以内に挙式までもっていく。難しいことではあったが、全く不可能ともいえなかった。

しかし、それはそれでいいのだろうか。

逆に結婚がダメになったことを正直に話して、当分は結婚しないと言った方がいいのではないか。その瞬間はがっかりするだろうが、かえって残りの人生を母は母だけのために使えるはずだ。苦しい闘病生活を選ぶこともないだろう。それが母にとってのベストの選択ではないだろうか。

そもそも俺は、今日の深夜には死んでしまうかもしれない運命だ。

明日になって、俺の死があきらかになれば、母の希望は全くなくなるはずだ。今日、下手に俺が希望を与えて、母の判断を鈍らせてはならない。

五〇

病室に戻ると、母はベッドで眠っていた。

母の寝顔を見るのは久しぶりだった。実家にいた時ですら、母の寝顔を見た記憶はほとんどない。白いベッドに横たわる母は、かなり痩せて小さくなったように見える。白髪も皺も少し見ないうちに大分増えた。腰掛けようと思い丸椅子を引き寄せたら、母が目を覚ました。

「あ、ごめんね。起こしちゃった」

「大丈夫よ。入院してからはしょっちゅう寝てるから、もう睡眠は充分なのよ」

テーブルの上にはさっき母がむいてくれたりんごが残っていた。若干、黄色く変色したその中のひとつを口にした。

「お医者さんから聞いた？」

母は俺の目を見ながらそう訊ねる。

「なんのこと？」

俺は敢えてそう答えた。

「病名よ」

母は半身を起こして俺を真っ直ぐに見た。

「ああ、聞いたよ」

「まいっちゃうわよね。やっと、武史ちゃんも結婚しそうになって、これから楽しもうって時にお迎えが来ちゃうなんてね。天国のお父さんも勝手だわよね」

「どうするの？」

「何が？」

「抗がん剤治療だよ。受けるの、受けないの？」

「さあ、どうしようかしらね」

母は他人ごとのように呟いた。

「実はさぁ、麻希との結婚、上手く行ってないんだよ」

この際だから、本当のことを話しておこう。その結果、母が抗がん剤治療を受けるか受けないかは、母が決めることだと思った。

「やっぱりね」

「やっぱり？　え、そう思ってたの。何で？」

「あなたがはっきりしないからよ」

「えっ、俺が？」

意外だった。今まで自分の性格をそんな風に言われたことは一度もなかった。

「そうよ。あなたがよ」

「俺、結構ものごとはっきりさせるタイプだと思ってたけど」

「他人のことはでしょ」

母のその一言に意表を突かれた。

「まあ、私の育て方もよくなかったんだけどさ。うちは貧乏で苦労してきたから、あなたは子供のときから人に気を使い過ぎるのよ」

「人に気を使うのってダメなの？」

「まあ、普段はいいけど、いざという時は気なんか使ってちゃダメよ。だからあなたはいい年になっても結婚できないのよ」

母の説教が始まった。こういう時にズケズケ物が言える性格は、確かに俺には遺伝していない。俺が気を使い過ぎるのか、母が使わなさ過ぎるのか。とにかく母は俺を真っ直ぐに見ながら、小言のようなアドバイスをさらに続ける。

「そもそも結婚みたいな人生の一大事を決めるような時は、理屈なんかじゃないの。好きだとか、結婚したいとかっていうあなたの気持ちが直接伝われば、たいがいの問題は解決するのよ」

「そうなのかな？」

そんなにはっきり言われると、確かに最近の俺は優柔不断だったかもしれないと思ってしまう。

「そんなもんよ。目は口ほどに物を言うっていうじゃない。プロポーズの時に美味しそうなことをたくさん聞かされるよりも、男の人の目の中にある覚悟のようなものが感じられたら、女なんかあっさり納得しちゃうものなのよ」

「覚悟、なのかな」

こういう時の母の言葉は妙に説得力があった。俺は覚悟という言葉を反芻（はんすう）する。

「そりゃそうよ。女の子は結婚の前になるとあれこれ悩むものなの。そういう動物だからね。だけど男がそれをいちいち真に受けて、オロオロしているようじゃダメなのよ」

「でもやっぱり……」

俺は思わず口籠もる。

「武史ちゃん。とにかく覚悟を決めるのよ。それでやるだけやって駄目だったら、もうその時はその時よ」

母のアドバイスが胸に刺さる。

「まあ少なくともお母さんはそうだったわね。だから間違っても、私の病気のことは麻希さんには言わないでちょうだいね。私のために二人に結婚してもらっても、死んだ後に責任取れないからね」

母には何もかもがお見通しだった。子供の時から、俺の思考や行動パターンはいつも母親に読まれていた。

「じゃあ、抗がん剤治療は受けないんだ」

「そうね。まだ決めかねてるけど、……あまり受けたくはないわよね。あなたはどう思うの？」

「え、どういうこと？」

「私に抗がん剤治療を受けて欲しいわけ？」

「いや、それは母さんに任せるよ」

「ほら、そういうところよ」

「なにが？」

「あなたがはっきりしないところ」

母の二つの目が、じっと俺を見つめている。

「長生きして欲しいから抗がん剤治療をして欲しいとか、残りの人生を有意義に過ごして欲しいとか、言い方があるじゃない。母さんに任せるよだけじゃなくてさ」

「いやいや、本当は痛い思いをしてまで長生きするより、残りの人生を楽しく過ごしてもらいたいと思ってるんだ」

相変わらず母は俺を凝視している。

「そうならそうと、きちんと言いなさい」

母はニヤリと微笑んだ。

「昔さ、私がレジ打ちのパートをやっていた時に、あなたが泣きながらやめて欲しいって言ったことがあったでしょ」

「ああ、あの時はごめん」

遠い記憶が蘇る。

「いや違うのよ。ああいう風に言ってもらった方がいいのよ。だってそうでしょ。武史ちゃんが友達から笑われる原因を、知らないうちにお母さんが作っていたんだから。そんな武史ちゃんの気持ちに気付かずにいたことの方が、母さんよっぽど嫌だった。何もそれしか仕事がなかったわけじゃないんだから」

意外だった。あの時の俺の一言を母がそんな風に思っていたとは。

「母さん、今度、温泉にでも行こうよ」

「どうしたの急に」

「あと週末とかさ、俺もちょこちょこ顔を見せるよ」

母はもう一度まじまじと俺の顔を見た。

「まあ、嬉しいこと言ってくれるのね。でも、無理して帰ってこなくてもいいわよ」

「え、なんで?」

「お母さんにはこれがあるから」

母はそう言って病室の片隅にあった小さいラジオを指差した。

「病院って、夜になるとテレビ見ちゃダメなんだけど、ラジオはイヤホンで聴くからいいのよね。だから毎日聴いてるの。武史ちゃんのあの番組」

「そうなんだ」

「毎日二時間も息子のおしゃべりを聞ける親は、お母さんぐらいのものよね。いい会社に入って武史ちゃんは本当に親孝行ね」

「母さんが毎日俺の番組を聴いていると思うと、さすがにやりづらいなぁ。下ネタとか言えなくなるなぁ」

「いいじゃない、今までどおりで。今度メールとか出してあげるわよ」

そんなことをされたら、ドラゴンたちに徹底的にからかわれることだろう。

「それだけは止めてくれよ。もっとも、母さんにメールが打てるとは思えないけどね」

大きな口を開けて母は笑った。

俺は黄色く変色したりんごをもうひとつ食べた。りんごが少しだけ甘くなったような気がした。病室の窓から見える夕陽が大分西に傾いていた。

「俺、そろそろ局に帰らなくちゃ」

「そうなの。じゃあ今夜も聴いてるからね」

俺は椅子から腰を上げて帰り支度をしはじめる。

「武史ちゃん」

部屋を出ようとするところ、急に母から声を掛けられる。

「麻希さんはとってもいいお嬢さんよ。あなた、なんとかしなさい」

五一

西に傾いた太陽の日差しを受けて、小田原の海が茜色(あかねいろ)に光っている。その中に小さな帆を上げた漁船が、波間に揺れているのが見える。運転席に流れ込む風も大分冷たくなっねていた。

東京に向かうオープンカーのハンドルを握りながらも、俺はどこに向かうかを決めあぐていた。

時刻は午後四時を過ぎていた。

あと二、三時間すると、関東地方はやや強い地震に襲われるはずだ。そうすれば交通網は麻痺するので、それまでに俺は東京に戻らなくてはいけない。本当はUターンしてどこかに逃げてしまいたかったが、「因果律」のせいでそれができないことはわかっている。

ユキの家のタイムマシーンはタキオン不足で使えない。もう過去に戻れないのならば、やはりM埠頭で殺されるしかないのだろうか。

ピストルと黒い革ジャンはマンションに置いてきた。ここからマンションに戻りそれらをピックアップし、さらに局で生放送をするならば、いよいよ今がタイムリミットだ。

しかしそれでは俺は殺されてしまう。その一方で逃げることもできなかった。

なんとかM埠頭で過去の自分を説得して、「因果律」を捻じ曲げなければならない。しかし自分は独裁国家のスパイにも狙われている。やはりどうやっても、このまま俺が明日の太陽を見ることとは、不可能なことのように思えてくる。

この絶体絶命の窮地を脱する方法などないのではないか。

『武史ちゃん。とにかく覚悟を決めるのよ。それでやるだけやって駄目だったら、もうその時はその時よ』

母の言葉が聞こえたような気がした。確かにこの期に及んで、うだうだ考えていてもしょうがない。もう時間がないのだから、後は行動するしかない。

いよいよ覚悟を決める時だった。

俺がアクセルを踏み込むと、赤いオープンカーは甲高いエンジン音を鳴らしながら隣の車を抜き去った。

とにかく今夜の生放送だ。M埠頭でどう窮地を切り抜けるかも大きな問題だが、その前に今夜の生放送をしなければならない。それは俺にとっても麻希にとっても、最終回になるかもしれない放送なのだ。

どこかに逃げることなんか、ラジオパーソナリティーとしてできはしない。もし今日の深夜に、俺が本当に死んでしまうとしたら、これがラジオでしゃべれる最後のチャンスなのだ。それ見逃すことなどできないし、そこでどんなことをしゃべってやろうか。

小田原厚木道路に向かう緑色の看板が見えてきた。

人生最後の放送になるかもしれない今夜、俺は一体何をしゃべるのか。そしてどんな放送ができるのか。ラジオパーソナリティーとして、そして人としての俺の器が試されているような気がしてきた。

五二

時計の針は午後六時を回っていた。デスクでメールをチェックし、伊沢監督に電話をしているうちに、問題の十八時二十三分になってしまった。

秒針が十五秒を指した時に、社内のあちらこちらから緊急地震速報のアラーム音が鳴り出した。フロアにいた社員の顔に緊張が走った数秒後、激しい縦揺れと同時に、女性スタッフたちの悲鳴が上がった。

「地震だ」

「でかいぞ、これは」

やがて揺れは横揺れとなり、机の上の書類が崩れた。机の下に隠れる人、棚が倒れるのを押さえる人など、七階のフロアはパニックに陥った。机の下に隠れる人が続出する中、俺も姿勢を低くして落下物に備える。遠くの棚が歪むのが見えたが、大きな揺れはそこまでだった。

俺は自分のパソコンを閉じると、デスクからゆっくり立ち上がる。まだフロアは揺れていたが動けないほどの揺れではない。スマホと携帯ラジオ、ストップウオッチ、それに筆記用具をポケットに入れて、報道フロアのある五階へと階段を下りた。

報道フロアは戦場と化していた。

報道部員、編成部員、担当役員まで入り乱れて、罵声（ばせい）とも怒声ともいえないような指示が飛び交っていた。

気象庁のモニターを見ているスタッフが叫ぶ。

「震源静岡沖、浜松が震度六、東京でも五弱だ」

俺の目の前を、飯島アナが共同からのファックスを片手に生放送スタジオに走っていく。

「気象庁に吉田、ＪＲに伊藤。富山はラジオカーに乗って西へ行け。電話が通じなくなったら無線を使え。こっちからも一時間に一回ぐらい呼びかける。高速は使えないから下から行けよ。おい島田、交通情報センターへの連絡ついたのか」

報道の森田デスクの指示が飛ぶ。

時間はまさに夕方のニュースワイドの放送中だ。報道部の壁の各局テレビモニターでも、首都圏で起こったこの地震を競うように伝えている。公共放送はいち早く、震源とマグニチュードのテロップを流した。

「おい、早く震源とマグニチュードを入れろ。津波の心配はどうなんだ」

担当役員がイライラしながらそう叫ぶ。

《本日、十八時二十三分、関東、東海地方に強い地震がありました。震源は静岡沖二十キロ。震源の深さは二十キロ。マグニチュードは六・六。静岡県中部、西部が震度六、静岡県東部、神奈川県西部が五強、神奈川県西部、東京など広い範囲で震度五弱を記録しています。なお、海岸付近の方は念のため地震による津波に警戒して下さい。繰り返します……》

オンエアモニターから飯島アナの緊張した声が聞こえる。

「山手線、京浜東北線が止まっているそうです」

「この時間だから、帰りの足が大混乱だな。相当な人数が駅で足止めされるんじゃないですかね。これは特番にした方がいいかもしれない」

編成の若手社員がそう呟く。

「津波の心配なしです」

「すぐ、スタジオに突っ込め」

報道部員が共同から入ったファックスを引きちぎってスタジオに走る。

「提クレ、ＣＭは全部飛ばして下さい」

「首都高速の入口全部閉鎖です」

「中電から原発のコメントが出たらすぐに入れろ」

もはや誰が誰に向かって指示しているのかわからない。

《本日、十八時二十三分、関東、東海地方に強い地震がありました。震源は静岡沖二十キロ。震源の深さは二十キロ。マグニチュードは六・六。静岡県中部、西部が震度六、静岡県東部、神奈川県西部が五強、神奈川県西部、東京など広い範囲で震度五弱を記録しています。なお、この地震による津波の心配はありません。繰り返します……》

飯島アナが津波の情報を加えたニュースを繰り返す。

その時、編成部長の柴田が立ち上がり、周囲を見回しながら大声で怒鳴る。

「このまま特別編成に入ります」

彼のその一声で、さらに大きな喚声がフロア全体に轟いた。

通常番組を変更しさらにCMを飛ばして地震特番を編成する。災害放送に力を入れているこのラジオ局では、大きな地震の時にはしばしばそのような特番が編成される。この場合、編成部長の権限が全てだった。彼がそう言ってしまえば、その特番のために全社員がいっせいに動き出す。

「垣島、空いてるか？」

俺を見つけた森田デスクと目が合った。

「生放送の前までなら」

「弁当箱を持って東京駅に行ってくれ」

弁当箱とは、肩で担げる携帯型線機のことだった。

昭和四十年代に流行した肩で担ぐ保温式の弁当箱にその形状が似ていることから、その呼び名がつけられたらしい。電話が通じなくなるのは間違いないから、スマホではなくその無線機で東京駅からレポートしろという意味だ。肩で担げる小型の無線機ではあるが、東京駅ぐらいならば余裕で本社に電波が届く。旧式で大きくかなり重いが、電話が通じない時にはかえってそれが頼もしい。

五三

東京駅は帰宅の足を奪われた人たちでパニックが起きていた。山手線を含むＪＲ全線が止まり、丸の内南口は、駅構内に向かう人、電車を諦めて駅から出て行く人、そしてその対応に追われる駅員でごったがえしていた。山手線をはじめとして全ての電車がストップし、復旧の見込みが立たないことを駅員が大声で説明している。震源が静岡だったため、東海道新幹線のほか西に向かうＪＲ在来線もアウトだった。

タクシー待ちはもちろんだが、携帯電話が使えなくなった人々が緑色の公衆電話の前で長蛇の列を作っている。帰宅を諦めて一杯やりながら復旧を待とうと思った人々で、構内の飲食店も賑わっている。

《こちら帝都ラジオ本社マスター、携帯四十四、感ありましたら応答願います。どうぞ》

現場について五分と経たないうちに、局からの呼び出しの無線が入る。

「はい、こちら携帯四十四、垣島です。感あります。どうぞ」

ちなみに最後に「どうぞ」とつけるのがルールだった。「こちらは話し終わりました、どうぞそちらで話して下さい」の意味の「どうぞ」だ。無線機はクロストークができないので、これを厳守することになっていた。

《報道の森田だ。この後、レポート頼む。どうぞ》

東京で地震が起きた時、外からのレポートは極めて重要だった。今回のように、電話が不通になり交通も遮断されてしまうと、放送局といえども情報がほとんど入って来ない。通信社や気象協会からの情報を繰り返すだけの放送は、報道機関としては情けない。特ダネのど真ん中にいながら、何も出来ずに指を咥えて突っ立っているようなものだからだ。

「まだ、何の取材もできてませんよ。もう少し後になりませんかね。どうぞ」

《ダメだ。もうすぐ中電の会見が始まる。その前に東京駅のレポートを入れて交通関係のまとめをしたい。どうぞ》

「尺は何分ですか。どうぞ」

《三分だ。どうぞ》

「ええっ、三分も。そんなにネタがありませんよ。どうぞ」

《いいから見たものをそのましゃべれ。頼んだぞ、垣島。スタジオは飯島だ。どうぞ》

例えこれといったネタがなくても、放送に臨場感を与えるために現場ではとにかくしゃべることが重要だと、新人の時に教育された。地震の直後は、事故が起こっていないこと、怪我人がいないことも含めて見たもの全てが貴重な情報だ。センセーショナリズムはいらない。ラジオの地震報道は、安心安全報道がモットーだと教わった。

「了解しました。どうぞ」

《あと、三十秒で呼び掛けるからな》

俺は慌てて私物の携帯ラジオを取り出すと、イヤホンを耳に突っ込んだ。この非常時にスタジオからの呼びかけを聞くために、空を飛ぶ電波をキャッチするしかない。帝都ラジオの放送が携帯ラジオから聴こえてきた。

《それでは、ここでJR東京駅前の状況をお伝えします。東京駅の垣島さん》

飯島アナが俺に呼びかけてきた。全然取材ができていないが、こうなったら開き直るしかない。

「はいこちら、東京駅の垣島です」

《そちらの状況はどうですか?》

「はい。まさに帰宅ラッシュが始まる時間で、自宅に向かうスーツ姿の会社員やOLで駅はごったがえしています。現在は、山手線、京浜東北線をはじめとしてJR全線が上下線ともに止まっています。東海道新幹線をはじめとした西に向かう在来線もストップしています。改札の前などに全線運休を知らせる黒板が置かれていますが、それを知らずに駅構内に向かう人と駅から出ようとする人で、改札付近は大変な混乱になっています」

《山手線だけでなく、他の主要路線もストップしているのですね》
「そうです。JRばかりか全ての私鉄も運転を取り止めており、安全を確認している模様です。復旧の見込みは全く立っていません」
《ホームの状況はいかがですか。揺れで怪我をされたりした方はいらっしゃるんでしょうか？》
たった今着いたばかりで、ホームの取材なんてできるわけがない。スタジオの飯島アナの無茶ぶりに腹が立つ。
「先ほど駅に着いたばかりなのでわかりませんが、まだホームには大勢のお客さんがいる模様です。揺れが大きかったので、皆さん心配そうな顔をしていますが、建物などに大きな損傷はなく、救急車などの緊急車両が見られたりはしていません。駅構内の飲食店で復旧を待つ人々も見られるなど、混乱の中でも徐々に落ち着きを取り戻しつつあります」
《タクシーなど道路の状況はいかがでしょうか》
「早くも駅前のタクシー乗り場には長蛇の列ができています。携帯が繋がらないため、駅の公衆電話も長い行列になっています」
《公衆電話もですか》
「ええ、私も再三試してみましたが、もう携帯は全く繋がりません」
本当は一回しか試していないが、間違いはないだろう。

《電車の中に閉じ込められている方も、いらっしゃるんでしょうか？》

駅に着いたばかりだから、そんなことまで取材などできてはいない。

「詳しい取材はできていませんが、全線が止まっていますので、駅と駅の間に停まっている車両には、多くの乗客が閉じ込められている見込みです」

《運転再開の見込みは、いつぐらいになるのでしょうか》

地震が起こってまだ十数分。この状況では復旧の見込みどころか、点検すら終わってない。それなのに、何をどうしゃべれというのか。スタジオは情報がないから訊ねたい気持ちもわからなくはないが、何度も取材ができていませんというのは、プロとして恥ずかしい。

「運転再開の見込みなど、駅構内にはなんの情報も出されていません」

《ラジオをお聴きの皆さんも、帰りの足を心配されていると思います。垣島さんの取材では、まだ何もわかっていないということですね》

まるで俺が無能みたいな言い方に腹が立った。

「この規模の地震なので、安全確認に相当な時間がかかるものと思われます。しかし山手線は意外と早く午後八時ぐらいに、根岸線や横須賀線など神奈川県内を走るＪＲ各線も、九時ぐらいには復旧すると思われます。東海道線そして私鉄の小田急線など西に向かう電車は、神奈川県西部以降の区間はかなり復旧が遅れると思われます。東海道新幹線は、今日中の復旧は難しいかもしれません。なお、東急東横線をはじめとした東急線は午後九時ぐらいに復旧しますが、各駅までの断続運転が続くのではないでしょうか」
《垣島さん、なんでそんなことがわかるんですか？》
「かつての経験から推測しました」

五四

『あと、二十秒で本番入ります』

東大君の声がヘッドフォンから聞こえてくる。

地震の混乱も収まって、今夜の「ショッキンナイツ」はいつも通り夜の十時にスタートする。スタジオの電波時計は、本番まであと二十秒という数字を示していた。ストップウォッチを左手に持ち、俺はカフのスイッチに右手を置いた。

「あ、え、い、う、え、お、あ、お……」

軽く発声練習をやってみる。

『あと十秒です』

再び東大君の声がした。ドラゴンは副調のパソコンでメールのチェックをしているので、スタジオの中は俺一人だ。

スピーカーから十時の時報スポットが聞こえていた。

《……製菓が十時の時報をお知らせします。ピポ……》

ガラス越しに東大君が右手を上げるのが見えて、やがて高く大きく開いた右手が彼の頭の上で静止する。開いた手のひらをじゃんけんのグーにしながら耳の横に引きつけて、上半身を前傾させながら俺に向かって勢いよく手を前に押し出した。

その時に人差し指を一本だけ立てる。

まるで東大君の前に何かのスイッチがあって、それを押すような動作だった。それが番組開始の合図で、そのキューを受けて俺はカフを上げてしゃべりだす。

「こんばんは、垣島武史です。もうすぐこの番組も丸三年になろうとしています」

マイクの向こう側にいるはずの、見えないリスナーに向かって話しはじめる。勉強しながら、通勤帰りの車の中で、夕食の準備をしながらのキッチンなど、年齢も職業も身の上も目的もまるでばらばらの人たちが、今同時に俺のラジオを聴いている。北は北海道から南は九州沖縄まで、そして一部の電波は、海の向こうの外国にも届いているようだ。母は病室のベッドの上で聴いているが、麻希はどこでこの放送を聴いているのだろうか。

「毎日こうやってマイクの前でしゃべらせてもらっていると、ちょっとマンネリというか、こうやってしゃべっていることが当たり前のような感じになっていて、それがちょっとよくないなと思ったりします」

妙に真面目なトーンで入ったので、東大君が怪訝な顔をする。

「えーそこで、俺から重大な発表があります。……今日、この放送をもって、『ショッキンナイツ』は終了します」

いきなりの終了発表に、東大君が目を丸くする。

ドラゴンが作業を止めてこちらを振り返った。表情を滅多に変えないミキサーの実帆も、ポカンと口を開けている。

「局の都合で番組が終わるというのではありません。たとえば今夜、俺が死んでしまったら、結果的にこの放送が最終回になってしまうわけです。そして同じように、もしも明日ラジオの前の君が死んでしまえば、それはそれで今日のこの放送が最終回になってしまうわけです。実はこの番組のスタート直後から色々とアドバイスしてきてくれたある人物、まあ、影のプロデューサーみたいな人がいるんだけど、その人が明日、仕事の都合でニューヨークに旅立ってしまうんです。そうなると、その人にとってはまさに今日のこの放送が最終回というわけで……」

副調の東大君がほっとしたような顔をして、ミキサーの実帆に声を掛けた。

「番組が終わる時が最終回だと思っていたけど、リスナーの都合で人それぞれの最終回があるわけだよね。特に今は卒業シーズンだから、来週から新しい生活がはじまって、もうこの番組が聴けなくなっちゃう人もけっこういるはずだよね。そこで今日は、もしも今日のこの放送が僕らにとっての最終回だったとしたら、という前提でメールを受け付けたいと思います。題して、『ショッキンナイツ』最後の放送に君は何を伝えたいか」

ジャンジャン！　という効果音が鳴った。

打ち合せなしの俺の暴走に、まずはスタッフがついてきた。

生放送は生き物だ。

暴走すれば暴走したなりのグルーブが起こり、そこでまた新しい流れができる。

「というわけで、今日はこれが最後の放送になってもいいように、俺は真摯な気持ちで放送にのぞみたいと思います。だからラジオの前の君も、今日は正座をして垣島の放送が聴けるのは今日が最後かも知れない、明日からは全く違うことが起きるかもしれないと思って、今日の放送を聴いてみようよ。明日も明後日もこの日常が続くと思っているかもしれませんが、僕たちにとって同じ一日は二度と来ないし、今日の地震みたいに明日いきなり天変地異が起こるかもしれないからね。そう思って聴いてみれば、滑舌が悪いとか、大事な所でまた噛んだとか、俺のそんなところも愛おしく聴こえるかもしれないよ」

実帆が可愛らしい笑顔を見せた。

「それでは今夜も、有楽町のスタジオから深夜零時までの生放送。『垣島武史のショッキンナイツ』」

エコーをかけた俺のタイトルコールに、間髪入れずにテーマソングがカットインして、間髪入れずに東大君のキューが出る。

「いやー、今日の地震は凄かったね。俺はさあ、会社にいたんだけど、急にレポートやれって話になって、東京駅に行ったんだけど、もうそれが大変でさ……」

何はともあれ、今夜の放送がスタートした。

毎日が最終回、一日一日が真剣勝負。そんな詭弁で辻褄は合わせたが、俺にとってこの放送が、本当に最後になってしまうかも知れなかった。

今日のこの放送で何をしゃべるか。

いっそ独裁者の弟の話をしてしまおうかとも思ったが、それが何を引き起こすかわからなかったので止めた。あの後浜口の事務所が荒らされて、あのカメラは奪われてしまった。しかもその後、浜口たちと連絡がつかなかったので、消されてしまったのではと心配していた。

この数日間に繰り返したタイムスリップのこと、麻希のこと、母のこと、色々考えた挙句、出たキーワードが「最終回」だった。番組がはじまってちょうど三年。卒業シーズンということもあり、ちょうどリスナーも入れ替わる時期だ。もちろん今日この後に本当に俺が死んでしまえば、この放送が間違いなく『ショッキンナイツ』の最終回になる。

しかし、何をどうしゃべるかは決めていない。

ただ最後に何かを残したかった。今日だけはいつもの放送とはわけが違う。

毎日、この放送を楽しみにしている人たちに対して、今、伝えなければならない何かを。何かの爪痕を残すような放送を。それが何かはわからなかったが、はじまってしまった生放送はもう誰にも止められない。

五五

「垣島さん、『ショッキンナイツ』は高校に入学してからずーっと聴いていました。大学受験に失敗して浪人が決定しました。垣島さん、今までありがとうございました。今夜で最終回だなんて本当に寂しいですが、ちょうどいい機会なので今夜でラジオを聴くのを止めて受験勉強に専念します。三年間、本当にありがとうございました」

十八歳の浪人生のメールを紹介した。

「うーん、そうだよね。三年間っていうのは、高校生が入学して卒業するまでの長さでもあるんだよね。大人になると意外とあっさり三年ぐらい経っちゃうけど、高校時代の三年ってとても長いよね。中三と高三でもまた全然違うしね。恋をして失恋して、受験して合格して……、あっ、彼の場合は合格しないで浪人しちゃったんだっけ。まあ、そういう所がうちのリスナーぽいけどね。しかしこのラジオのせいで、どのくらい浪人生が増えちゃったんだろうね。まあ、合格するのも人生だし、浪人するのも人生だからね。自分の人生はずっと続いていくから、とにかく受験勉強を頑張ってね。続いて、横浜市のラジオネーム、かんちゃん……」

　俺の考えたメールテーマにリスナーがついてきた。

仮想の最終回。生前葬というものがあるが、まさにこれは番組の生前葬のようなものだった。これまでの番組の思い出などが綴（つづ）られたメッセージなどが殺到した。途中から聴いた人は、本当の最終回だと思っているに違いない。

「『ショッキンナイツ』三年間、本当にありがとう。明日も明後日もこの日常が続くと思っているというカッキーの言葉にはっとさせられました。現実に色々な災害の被災地では、あっという間に日常が失くなっちゃったわけですからね。一日一日を大切に生きていかなくちゃならないと思いました。最近残業続きでなかなか遊んであげられませんでしたが、今日、家に帰ったら小さなわが子をしっかりと抱きしめてあげようと思います」

　大人のリスナーからのメールもあった。番組が思わぬ方向に走り出した。ドラゴンが珍しく神妙な顔つきで俺に一枚のメールを手渡した。

「次はラジオネーム、名無しのヒッキーさん。『ショッキンナイツ』が終わるのは本当に困ります。私はひきこもりで、当然、中学校に行けていません。人と会うのが怖いのですが、この番組だけは毎日楽しく聴いています。このラジオに出逢えて、私にも楽しいと思える心があるんだとわかり、少しだけ希望が持てました。本当に今日が最終回になるとは信じていませんが、一日も長くこの放送を続けて下さい。お願いします」

コメントするのが難しいメールだ。

副調の東大君を見ると、静かに頷くのが見えた。

「名無しのヒッキーさん、メールどうもありがとう。このメールを出すだけでも相当な勇気が必要だったと思います。そしてそれが今、全国で放送されている。素敵なことだと思いませんか？　しかし残念ながらこの番組は今日で終わりです。あなたがどれだけ強く希望しても、放送ができないことだってあるんです。だから今日のこの勇気を忘れずに、小さくてもいいから新しい一歩を踏み出して下さい。これは僕からのお願いです」

仮想の最終回は、意外な展開となってきた。

「三年間どうもありがとう」的なメールになるかと思ったが、どちらかと言うとリスナーのこの三年間を振り返るメールが多く寄せられた。季節が卒業シーズンだったことも影響はあっただろう。三年という月日は、若いリスナーにとって短くない年月だ。彼らはその間何かしらの成長を遂げ、そして新しい未来へ踏み出そうとしているが、それができないリスナーもいた。

メールの反響が大きかったので、この日の放送は全てのコーナーをすっ飛ばし、ただひたすら彼らのメールを読みまくった。

「ラジオネーム桜丸さんからです。二十九歳のＯＬです。この三年間、ある男性と不倫の関係にありました。彼に奥さんがいることは、付き合う前から知っていました。この三年の間に彼と奥さんの間に可愛い女の子が生まれました。私は結婚願望が少ないタイプで、彼に奥さんと別れて私と結婚して欲しいとか思ったことはないのですが、今日のリスナーのみなさんの話を聞いていると、私の三年間って何だったんだろうなと思いました。決して彼との三年間を後悔しているわけではないのですが、また同じ三年間は繰り返せないだろうなと思いました。『ショッキンナイツ』そして垣島さん、三年間、どうもありがとうございました」

ドラゴンが二枚のメールを差し出した。一枚にはドラゴンの字で「三年間野球部で補欠」と書いてあった。そしてもう一枚には、「名無しのヒッキー」というラジオネームに赤い丸がしてあった。さっきのひきこもりのリスナーから返信メールが届いたようだ。

『時間的にどっちか一枚。お任せします』

東大君の声がヘッドフォンから聞こえてきた。

『お任せします』なんていうのは嘘だ。奴らは俺がどっちを選ぶかはわかっている。そしてそれを選んでもなんとかなるという勝算があるから、このタイミングでこのメールを突っ込んできたのだ。

俺は迷わず「名無しのヒッキー」のメールを読み出した。

「えー、またまた名無しのヒッキーさんからです。垣島さんにはがっかりしました。私があれほどの勇気を出してお願いしたのに、今日で番組が終了なんてひどすぎます。放送ができないことだってあるってどういう意味ですか？　ふざけるのもいい加減にして下さい。私はひきこもりで、学校はもちろん、ほとんど部屋から出ていません。この三年間、人としゃべったこともほとんどありません。お母さんがいつも食事を部屋の前まで持ってきてくれるので、食事も部屋で一人で食べてます。あとは家族とも会わないように、こっそり二階のトイレに行くだけです。もうしばらく一階にだって下りたことがありません。私だってこんな地獄のような生活を続けたいとは思っていません。でも怖いんです。怖くて怖くてしょうがないんです。やろうとしてもできないんです。人と会うと何をどうしていいのかわからないのです。受験をしたり、失恋をしたり、そんなみなさんが羨ましいです。そんな私のためにも、番組は続けて下さい。お願いします。もしも明日、番組を放送してくれれば、勇気を出してお母さんに話しかけてみようと思います。どうか、よろしくお願いします。この番組だけが私の支えなんです」

俺は一気に最後まで読んだ。

このメールに、俺は何と答えればいいのだろうか。リスナーに振るか、何も答えず曲へ行くか。二秒、三秒……、スタジオが沈黙する。

俺はもう一度副調の東大君を見た。

「逃げるな」

その目がそう語っているように見えた。

「ヒッキーさん。明日じゃダメなんだ、明日じゃ……。今、これから一階に行って、お母さんに何でもいいから話しかけてみよう。明日はしょせん明日なんだよ。ラジオを聴いている他のリスナーもそうだと思うけど、明日やろう明日やろうと思っていて、今まで多くのことを先延ばしにして来なかったか。明日こそ勉強しよう、明日こそダイエットしよう、明日こそ告白しよう、明日こそ外に出よう。でもね、明日じゃ手遅れなんだよ。できるのは、今、今しかないんだ。ヒッキーさん、今、やろうよ。もしも今、ヒッキーさんが一階に下りてお母さんに話しかけられたら、今日、最終回だと言った俺の言葉は撤回します。この後、俺に何が起ころうとも、明日、俺は必ずこのマイクの前に帰ってきます。……ヒッキーさん、あとはあなた次第です」

CMに入った。

「ちょっと言い過ぎたかな」

俺はドラゴンに話し掛ける。

「さっきのヒッキーちゃんへの回答ですか」

俺は小さく頷いた。

引きこもりやうつ病の人に、前向きな言葉を言い過ぎるとかえって逆効果になると、何かで読んだ記憶があった。「今日」と言うワードにこだわりすぎたかも知れない。

「確かに垣島さんらしくない回答でしたね。……でも、垣島さん、よく言ってるじゃないですか？　生放送に正解はないって」

酔った時によく言うセリフを思い出す。

「生放送に正解はない、あるのは結果だけだ、のことか」

「そうそれ」

生放送は何が起こるかわからない。メール一枚差し替えるだけで、がらりと番組が変わってしまう。限られた時間内で言うべき言葉、臨機応変な選曲、ＳＥ、エコーなどの効果音、どれひとつとってもやり直しはできない。番組が終わってからいいメールを見つけて、ドラゴンが地団駄を踏んで悔しがっていた時に、俺が言ったセリフがそれだった。

生放送に正解はない、あるのは結果だけだ。

ラジオの生放送でちょっとぐらいうまい放送をしたところで、誰かが褒めてくれるわけではない。逆に少しぐらい失敗したからといって、誰かにばれることもない。しかし自分だけは誤魔化せない。あの時、もうちょっと頑張っておけば、もっといい放送になったのに……、そんな風に後悔しない日は一度もなかった。だけど急になんでもできるようになるわけでもない。だから生放送は、最後の一秒までベストを尽くすだけだった。

「垣島さん。あと残り三十分。集中しましょう」

ドラゴンはそう言って、スタジオから出て行った。

五六

あっという間の二時間だった。

東大君にお願いして、エンディングを事前録音してもらった。その前の録音されたミニ番組とＣＭゾーンを足せば十分は早く局を出られる。過去の自分がこのスタジオに飛び込んでくる前に、ここから出なければならなかった。

『中身、二分ぐらいしかありませんけど、メールでも読みますか』

東大君が最後の生ゾーンを前に訊いてきた。

「ちょっと言いたいことがあるから、フリートークでいくよ」

『了解です。上がりを四十八分三十秒厳守でお願いします』

俺は軽く頷いた。エンディングを録音してしまった以上、その時間を一秒でも押してしまえば事故になる。ショートジングルが明けるとすぐに東大君のキューが出た。

「今日は仮想最終回という俺の思いつきに、たくさんのメールを送ってくれてありがとう。おかげでこの三年間、俺にも番組にも色んなことがあったことを思い出したよ。特にこの『ショッキンナイツ』がはじまった当初は、まさかこんなにたくさんのメールが来るような番組になるとは思わなかった。だってさ、番組がはじまった直後はスポーツアナを首になった俺にパーソナリティーなんかできっこないとか、帝都ラジオ史上最悪の番組とか、酷いこと言われてたからね。最初は聴取率も最悪で、いつ打ち切られてもおかしくなかったからね」

まさにその通りだった。社内中が敵だらけで、最初の半年間は苦しみの連続だった。毎日悪夢で目が覚めた。

「でもさあ、それはそれで必要だったと思うんだよね。その苦しみがあったからこそ、今こうやって頑張れているわけで、あの時もっと簡単にいっていたら、こんなに面白い番組にならなかったと思うんだ。だから受験に失敗したとか、不倫していたとか、三年間野球部でレギュラーになれなかったとか、みんなも色々あったかと思うけど、そんな過去は過去でやっぱり意味があるんだと思うよ。振り返って無駄だったような気もするけど、泣いたり苦しんだりそれでも頑張ったりした何かが、この後の自分に繋がっていくんじゃないのかな。今日からもう一度頑張ってみれば、きっといつの日か報われる時が来ると思うよ。俺も三十を過ぎて、もう一度過去に戻ってもっと要領よくやり直せたらとか思うこともあるけれど、やっぱりその時その時の失敗とか努力とかが、今の自分を作ってくれていたんだね。きっとタイムスリップして過去に戻っても、努力なしでは自分の未来を変えることはできないからね」

変なまとめ方になってしまった。この後どう締めくくるか、俺は慌てて考える。

その時、ドラゴンが一枚のメールを持って入ってきた。

番組も終盤になると大量のメールが殺到する。しかしその全部に目を通している時間はない。しかし生放送の最後の瞬間まで、これだと思うメールを開けては読み、開けては読みを繰り返す。一台しかない副調のパソコンの前で、粘りに粘って探し出したその一枚をドラゴンは俺に差し出した。

ドラゴンの目を見た時、そのメールの送り主と内容がわかった。

「最後にもう一枚、メールを紹介します。ラジオネーム、……名無しのヒッキー」

メールを片手に時計を見ると、上がり時間まで三十秒を切っていた。

時間内に読み切れるか？

いや、絶対に読み切ってみせると腹を括った。

「連絡が遅くなってすいません。今、一階に下りてお母さんと何年かぶりに話しました。私が『お腹が減った』と言ったら、お母さんは泣きながらラーメンを作ってくれました。私もそのラーメンを泣きながら食べました。そのラーメンは作りたてでとても温かかったです。垣島さん、ありがとうございました。本当にありがとうございました。これで変われそうな気がします」

ショートジングルがカットインしてスタジオがデッドになり、ＣＭが送出される。

「時間、大丈夫だった？」

ガラス越しに副調の東大君にそう訊ねる。

『大丈夫じゃないけど、何とかします』

真っ赤な目をしながら東大君が答えた。

「じゃあ悪い。急ぎの用事があるんで、出るわ」

生放送中に届いたバイク便をひったくると、俺は自宅でピックアップした黒い革ジャンの袖を通して、スタジオを飛び出した。

五七

「芝公園から高速に乗って、とりあえず横浜方面に行って下さい。あと、ラジオを帝都ラジオにしてもらえますか？」

タクシーの運転手は帝都ラジオにチューニングを合わせて車を発進させた。

ラジオでは俺がしゃべっていた。録音されたエンディングが、無事に送出されているようだ。そしてもうすぐ過去の自分がスタジオに飛び込んで、俺がいないことに愕然とするはずだった。

タクシーの後方を見たが、怪しい車は追ってきてはいない。

カーラジオで番組が終了したのを確認し、俺のスマホでスタジオの直通番号をプッシュする。呼び出し音が三回鳴った後に、ミキサーの実帆が出た。スタジオの垣島に代わってもらうように伝えた。かなり声色を低くして、俺だと気付かれないように気をつけた。

「もしもし、垣島さんですね」

電話口に過去の自分が出ると、俺は低いトーンでそう言った。

『誰だ、お前は』

怒鳴り声が聞こえた。俺の声は怒鳴るとこんな声になるのかと思った。

「垣島武史です。もう一人のあなたですよ」

『なんだと！』

過去の俺は完全に興奮している。恐怖と怒りでもはや自分の声ではないみたいだ。

「いまからすぐに横浜のM埠頭まで来て下さい」

『お前は一体、何者だ。何を企んでるんだ』

「別に何も企んでなんかいませんよ」

『M埠頭で何をするつもりだ』

「そこで、すっきりさせましょうよ。同じ人間が二人もいると何かと面倒でしょう。そろそろ、どっちが本当の垣島武史か決めたほうがいいかと思いましてね」

『ふざけるな。警察に通報するぞ』

以前起こったことが繰り返される。俺の挑発に過去の自分は完全に舞い上がっていた。

鼻息が荒くなっているのが電話越しにもわかった。

「それはあまり賢明じゃないな。自分で自分を逮捕させることになりかねませんよ。ただ白黒をつけるだけです。すぐに終わりますから」

なるべく芝居がかった言い方にした。まだこの段階で、過去の俺は今の俺の正体に気付いていないからだ。

『あのアジア系の二人は何者なんだ』

「アジア系？」

『俺を拉致しようとした二人組のことだ』

「ああ、それも追々わかりますよ。とにかくもう、あまり時間がない。麻希のこともありますし」

挑発するには麻希の名前を出すのが、最も効果的だろう。

『麻希？　お前、麻希にも何かしたのか』

「来てもらえばわかりますよ。とにかく時間がない。急いでM埠頭まで来て下さい。待ってますよ」

そういって俺は電話を切った。

五八

タクシーはＭ埠頭へ続く一本道をひた走っていた。カーラジオから『ミューカル』が流れていた。二本目のＣＭが明けたところだった。

《音楽とサブカルにこだわったラジオ・ミューカル。パーソナリティーの吉見紀久です。それでは毎週木曜日恒例の新曲ＣＤランキングの発表です》

昨日発売されたＣＤの売り上げランキングが、曲のサビの部分をＢＧＭに発表されていた。時刻は深夜零時二十分、思っていたより早くＭ埠頭に着きそうだった。俺は胸ポケットに差し込んであったレイバンのサングラスを掛ける。そしてＹシャツのボタンを外すと同時に、鞄の中をまさぐって黒く光る銃を取り出した。こんなものを運転手に見られたら大変なことになってしまう。俺は素早くそれをジーンズのポケットに押し込んだ。

その時に何かが指先に触れた。そっと取り出してみる。昨日、『ハイランド』で話題になった睡眠薬のハルシオンだった。一錠だけポケットに突っ込んだのを思い出す。

その時、Ｍ埠頭の見覚えのある倉庫が見えた。

「運転手さん、その倉庫の前で止めて下さい」

「えっ、ここでですか？」

深夜に一人でこんな寂しいM埠頭で降りる。運転手がこの奇怪な行動に、疑問を感じるのは当然かもしれない。

「ここで映画のロケをするんで、これからロケハンがあるんですよ」

適当な嘘をついて誤魔化したが、運転手は信じてくれたようだった。

「帰りはどうします？　時間を言ってくれれば迎えに来ますよ」

「いや、スタッフの車が後から来ますから」

タクシーが走り去る音がしなくなると、後は波の音だけが聞こえていた。道の向こうに側溝が見える。辺りが暗くてわかり辛かったが、場所はここで間違いない。ただ思ったより早く着いてしまって、過去の自分が来るまでまだしばらく時間があるようだった。することもないので携帯ラジオを取り出して、イヤホンを耳に突っ込むと、『ミューカル』の続きが流れていた。

この『ミューカル』は、音楽とサブカルというターゲットを絞りきった番組作りが受けていた。

《はーい、音楽とサブカルに徹底的にこだわったラジオ『ミューカル』。パーソナリティーの吉見紀久です。時刻はもうすぐ、零時三十分ちょうどを回りまし……あ、まだだ、……もうすぐ……、あ、はい、今、回りました。早くも『ミューカル』は後半です。それでは、まずこの曲からスタートです》

どこかで聴いたような覚えのある吉見のトークだった。その後に曲紹介をしようとした吉見があまりに短いイントロに乗り上げるのを聴いた時、シルバーのワゴン車で拉致された時に聴いたことを思い出した。

俺は倉庫の裏側に回ると、やはりシルバーのワゴン車が、ポツンと一台だけ停まっていた。

その時、一人の男がワゴン車から出てくるのが見えた。それが俺を拉致したライダージャケットの男であることはすぐにわかった。見つからないようにと倉庫の陰に隠れたが、男は俺に気付いている様子は全くない。

それでも万が一のことを考えて、俺は銃が入っている革ジャンのポケットに手を突っ込んだ。

その時に俺の右手に何かが触れた。思わずそれを取り出すと、俺の右手の中にハルシオンがあった。一瞬、その意味を考える。今ここで、俺がその睡眠薬を手にしたことが。ただの偶然ではないような気がした。そして過去の記憶が蘇り、ある考えが突如として浮かぶ。

そういうことなのだろうか？

その考えはひどく危険なことのように思える。しかし結果を考えれば、うまくいくのではないだろうか。俺はワゴン車に向かって歩きはじめる。車までは百メートル、走れば数分で行けるのではないか。イヤホンからは、かつてあのワゴン車の中で聴いた四人組のバンドの曲が流れていた。この曲の2コーラス目の途中に、誰かが車の中に入ってきたはずだ。そしてその数分後にはライダージャケットの男は爆睡した。

俺は走りながら周りを見渡した。

ライダージャケットの男は海の方角に向かっていた。ワゴン車に近づいていく人影はない。俺は全力で駆け出しながら、もう一度周りを見渡すがやはりワゴン車に近づく人はいなかった。

今、かかっているこの曲の2コーラス目が終わるまでにあのワゴン車にたどり着けば、このハルシオンをあの缶コーヒーの中に入れられるはずだ。

運動不足の体に鞭打ってひたすら足を動かすが、スローモーションのように思えてしまう。息があがって呼吸が苦しい。汗と鼻水とそして涙が流れ出る。耳からイヤホンが外れたが、俺は頭の中でその曲を歌い続けてタイミングを計った。

おそらく2コーラス目のサビに突入した時、なんとか車にたどり着き、助手席のドアを大きく開いた。後部座席には後ろ手に縛られた過去の自分が、体を大きく右に捻り、膝を曲げて静止していた。右手の指先に小型ナイフがついたキーホルダーがひっかかっていた。

ダッシュボードの飲みかけの缶コーヒーを手に取ると、缶はまだ温かく中のコーヒーの大半が残っている。手が小刻みに震えて苦労したが、なんとかその錠剤を缶コーヒーの中に落とした。

車窓の向こうを見ると、ライダージャケットの男が煙草を手にしながらこちらを振り返った。俺は姿勢を低くして、ダッシュボードに缶コーヒーを戻し体を引いた。その時、革ジャンの金具が缶コーヒーに当たってしまい、缶コーヒーに当たってしまう。一瞬缶コーヒーが倒れてしまうと焦ったが、なんとか踏ん張ってくれた。

心臓に悪いと思いながら俺はすぐにドアを閉め、暗闇の中を腰を屈めてワゴン車から遠ざかった。

五九

遠くから車の音が聞こえてきて、暗闇の中に細いヘッドライトの明かりが見えた。小さかったその光がまっすぐ自分の方に迫ってくる。その車は周囲を警戒するように減速し、倉庫の手前で過去の自分が運転する赤いオープンカーが停車した。

俺は倉庫の角に隠れて腰を落とすとサイドブレーキを引く音が聞こえ、すぐにエンジン音が消えた。

さらに遠くから別の車の音がした。

それはスパイたちを乗せた紺のワゴン車だった。そのワゴン車は倉庫の前で止まり、頬に傷のある男が降りてきた。その男のすぐ足元で過去の自分が身を伏せているのはわかっている。運転席に乗っていた男が何かを叫び、頬に傷のある男はワゴン車に乗り込み、埠頭の先に駐車しているシルバーのワゴン車に向かって走って行った。

やはりここまでは以前起こった通りだった。タイムマシーンで過去に戻っても、一度起こってしまったことは変えられないのだろうか。

ワゴン車のテールランプが小さくなっていくのを確認した後、俺は地面に伏せていた黄色いジャケットの過去の自分の背後に回る。同時に過去の自分は、ワゴン車が遠ざかるのを確認するとゆっくり立ち上がった。

間合いを詰めて近づこうとしていた俺の足が止まる。

ピストルの銃口を黄色いジャケットの過去の自分に向けている、別の男が見えたからだ。モスグリーンのパーカーのせいで、今の今までその男に気づけなかった。俺と同じ顔をしたその男は草むらの中で身を屈め、手にしているピストルの引鉄を今にも引きそうな勢いだったが、俺の存在には気付いていない。

磯臭い風が埠頭を駆け抜ける。

「こんな夜更けに呼び出して悪かったな、垣島さん」

俺は黄色いジャケットの男の背中にそう呼び掛けると、男は素早く振り返りそして驚いたような顔をする。同時に草むらに隠れてピストルを握っていたもう一人の男も、俺を凝視した。

二人の顔がはっきりと見えた。

ソフトモヒカン、濃い目の眉毛、やや小さ目の鼻、引き締まった口、二人とも、毎日鏡でよく見る顔だった。二人の俺が、同時に俺の顔を見つめていた。

「その革ジャン、俺のだよな？」

ジャケットの彼が、俺が着ている革ジャンを指差した。

「そうだとも言えるし、そうじゃないとも言えるな」

俺は軽く笑いながらそう答えた。

「どこで盗んだ」

そういいながら男は一歩前に出て、俺との間合いを詰めてきた。

「盗んではいないさ、これはお前のでもあるが、俺のものと言っても間違いではないからな」

俺は掛けていたサングラスをゆっくりと外した。黄色いジャケットを着た男の目にさらに驚きの色が加わった。

「お前は誰だ」

「垣島武史だ」

彼の怒りに引っ張られないように、努めて冷静なトーンで言った。

「垣島武史は俺だ」

俺はちょっとだけ笑ってしまったかもしれない。今、ジャケット姿の自分は全身を震わせ真剣に怒っているが、やがてタイムスリップを繰り返し今の俺になる。そしてこんな茶番を演じる当事者になるからだ。

「さっき、俺の番組をジャックしたのはお前だな」

「ああそうだ」

別にジャックしたとは思っていないが、今の彼には、こう言っておいた方がいいだろう。

「何であんなことをした」

「何で？　ふん、お前が無断で番組に穴を空けたから、俺が変わりにしゃべってあげたんじゃないか。文句を言われるより、むしろ感謝されていい話だ」

「なんだと！」

痛い所を突いたはずだ。例え自分が死のうとも、担当番組に無断で穴を空けるのは許されない。プロとしての当然の務めだった。

「結構、いい放送だっただろ。俺の方があの番組のパーソナリティーにふさわしいと思わないか」

黄色いジャケットを着た自分は悔しそうな顔で俺を睨む。あともう一押しだった。

「お前、麻希に何をした」

「俺が俺の恋人に何をしようが、お前に報告する義務はない。まあ今まで、充分楽しませてもらったとだけ言っておこうか」

ここは思いっきり挑発した方がいい。そうすればこの後、感情的になって俺に突っかかってくるはずだ。

「なんだと」

「そもそもお前は彼女と別れるつもりだったんだろう？　電話もしないで放っておいて、今さら何を熱くなっているんだ」

ジャケットの自分は物凄い目つきで俺を睨む。今にも飛び掛ってきそうな勢いだった。

「うるさい！　それ以上減らず口をたたくと、ただじゃおかないぞ」

「悪いがお前には死んでもらう。この世界に二人も三人も垣島武史がいたんじゃ、おかしなことになるんでね」

俺はそう言いながらポケットからピストルを取り出した。安全装置を外し銃口を真っ直ぐジャケットの自分に向ける。

「本気なのか？　殺人罪だぞ」

「大丈夫だ。死体が見つかるようなへまはしない」

「俺を殺して、そのまま俺に成りすまし続けるつもりか」

実は二人とも同じ人物なのだが、しかしそれを説明している余裕はない。

「お前から見れば、そういうことになるかな」

「そんなこと本当に、できると思っているのか」

「お前も薄々わかっているだろう。お前より俺の方が若干優秀だ。お前ができることは、百パーセント俺はできる。だから消えるのはお前の方だ」

挑発のダメ押しだ。早く俺に飛び掛かって来い。

「なんだと！」

「図星だからといって怒るな。お前の欠点はよくわかっている。後のことは俺がうまくやってやるから安心しろ」

ジャケットの自分はなかなか飛び掛かってこなかった。もう一度麻希で挑発してやろう。

「麻希のことも……」

俺が麻希の名前を出した瞬間、ジャケットを着た過去の自分が、ポケットの中に隠し持っていた石を投げつけてきた。

その石を避けようと身を屈めると、彼は一気に間合いを詰めて俺に飛び掛かってきた。窮鼠（きゅうそ）猫を噛むではないが、同じ人間でも必死になっている奴の方が数倍の力が出るのだろう。俺はなすすべもなく、そのまま猛烈なタックルを食らい地面に叩きつけらる。銃だけは取られないように力を振り絞りながら、上になろうと必死にもがく。こんなにも力の差があるのは計算外で、俺は必死に抵抗するしかなかった。

俺の目の前に、汗まみれのもうひとつの俺の顔がある。

次々と繰り出されるパンチや蹴りが、徐々に俺の力を奪っていく。あやうく銃を奪われそうになった瞬間に、体が勝手に反応し俺の頭突きがヒットした。相手の力が弱まった瞬間に上になると、銃口を相手のこめかみに持っていく。しかしすぐに腰で大きく跳ねられて、二人とももんどりうって左の斜面を転がり落ちる。二、三メートルもつれ合い、二人はそのまま傾斜の先の側溝に落ちる。

その時、俺は引鉄を引いた。

ズダーン。

銃声が鳴り響き、彼を下にそしてその上に重なるように俺の体が落ちる。勢いでピストルが手から離れてしまい、さらに狭い側溝の中で体の自由を奪われてしまった。

ピクリとも動かない俺の体を、ジャケットの男は両手両足で跳ねのける。俺の体はひっくりかえり、今度は仰向けになって側溝に落ち、頭を激しく打ちつける。

ジャケットの自分は側溝の先に落ちていたピストルを拾い、二、三度引鉄を絞ったが弾切れの音がするだけだった。シャツを真っ赤に染めて動かなくなった俺を確認したのか、ピストルを放り投げるような音がした。そして風と波の音とともに、彼の荒い息使いが聞こえていた。

その時だった。

遠くから車の音が聞こえてきた。紺のワゴン車が引き返して来たのだろう、その音はあっという間に大きくなってくる。それに続いて走り出す足音、車のドアが閉まる音、そして自動車のエンジン音に続いて悲鳴のような急発進する車の音が聞こえてくる。ワゴン車がもうすぐそこまで近づいているのが音でもわかる。小刻みにギアチェンジを繰り返して遠ざかっていく車の音と、急速に近づいてくる車の音が俺の横を通り過ぎる。

銃声とガラスが割れる音がする。

二台の車がカーチェイスしながら遠ざかっていく。

二回目の銃声が聞こえた時、もう大丈夫だろうと思い俺は起き上がる。

頭がふらふらする中、大きな外傷がないか体をまさぐりながら確かめる。シャツが真っ赤になっていた。

伊沢監督からバイク便で送ってもらった撮影用の血糊は、どうやらうまく破裂してくれたようだった。側溝の先にピストルが落ちている。伊沢監督特製の撮影用モデルガンを拾い、二台の車の音が遠ざかって行くのを遠くで眺める。モスグリーンのパーカーを着た過去の自分は、もはやどこにも見あたらなかった。

埠頭の先にシルバーのワゴン車が見えた。

さっき睡眠薬を仕込むために走った道を、俺はもう一度全力で駆ける。

シルバーのワゴン車の中では、ライダージャケットの男が熟睡していた。ほっと安堵の息を吐き、運転席からライダージャケットの男を引きずり出した。男の体は重く、ぐったりと力の抜けた体を地面に落としたが、睡眠薬の効果は抜群で目覚める様子は全くない。刺さったままのワゴン車のキーを回し、俺はアクセルを踏みこんだ。

六〇

俺が運転するワゴン車は、暗くて長いM埠頭の一本道を全速でひた走る。

深夜のM埠頭をすれ違う車は一台もなかったが、赤いオープンカーを仕留め損なったあの紺のワゴン車が、タイヤをパンクさせたまま走ってきた。俺が運転するこのワゴン車に気付いた紺のワゴン車から、一人の男が降りてきて大きく左右に左を振った。俺をライダージャケットの男と勘違いしたのだろう。

男の右手にはピストルが握られている。

俺は顔が見られないように姿勢を屈めて、ハンドルの間から前方の男を見ると、男の頬に見覚えのある傷が見えた。減速しようとしないこの車に、彼は怪訝な顔をする。

その瞬間、俺はヘッドライトをハイに切り替え思いっきりアクセルを踏み込んだ。頬に顔に傷のある男がヘッドライトの眩しさに腕で顔を隠し、俺の運転するワゴン車の異変に気付くまで数秒の時間がかかった。

その間に車は彼の隣をすり抜ける。

車の後ろから銃声が響いたのと同時に、車のガラスが割れる音がした。ワゴン車の後部ガラスを割った弾は、俺の頭をかすめてフロントガラスも突き抜けた。

バックミラー越しに紺のワゴン車がUターンし、追ってくるのが見えた。二個のヘッドライトが猛獣の目のように光り、追ってくる車の助手席から銃口を向ける男の姿が見える。

ヒビの入ったフロントガラスを横目に睨みながら、アクセルを限界まで踏み続ける。限界まで身を屈めて、次に飛んでくる弾に備える。

しかし後輪がパンクした車との距離はみるみるうちに開き、バックミラーの中でヘッドライトは徐々に小さくなっていった。

対岸へ続く橋が見えてきた。

幹線道路に辿り着いてしまえば安心だと思った。橋の向こうは幹線道路に続いている。あの車の流れに紛れてしまえば、もはや彼らに見つかる心配、彼らに拉致される心配はない。俺はもう一度バックミラーを確認したが、もはやそこには紺のワゴン車のヘッドライトはなかった。

車は橋に差し掛かる。

前方に一人の男が走っているのが見えた。モスグリーンのパーカーを着た過去の自分だった。このシルバーのワゴン車にはライダージャケットの男が乗っていると思い、彼は必死になって足を動かしていた。

背中を上下させながら、過去の自分が必死に走っている様子が見える。いくら彼が足を動かそうとも、その距離はあっという間に詰まっていく。

まさか未来の自分が運転しているとは思わないだろう。ピックアップしてやろうかと思い、俺はアクセルから右足を外した。そして車がいよいよ追い着こうとした瞬間に、彼はいきなり振り返った。

パーカーを着た過去の自分は、手にしていたピストルを真っ直ぐ運転席の俺に向けた。彼の持っているピストルはモデルガンではない。引鉄を引けば人を殺せる実弾が入っている。

その時、俺は大きなミスをしたことに気がついた。

アクセルを弱めたせいで、ワゴン車はほぼ止まりそうなほど減速していたが、パーカーを着ている男の血走った目には、俺の顔はただのアジア人にしか見えないようだ。俺は焦ってアクセルを踏み込むと、銃口から逃れるためにハンドルを大きく右に切った。

エピローグ

赤いオープンカーの高くてカッコいいお尻が見えた。

女子大の近くのユキの家の前にこの車があるのは、M埠頭で格闘をした自分が路上駐車をしたからだった。レッカー移動されていないか心配だったが、こんな深夜に警察に通報する人はいなかったようだ。

俺はアルファ・スパイダーの後ろに、運転してきたシルバーのワゴン車を止めて車を降りた。

危ないところだった。

M埠頭から対岸に続く橋の上で、パーカーを着た過去の自分が発砲した弾は俺に当たらなかった。ここにこのワゴン車を駐車すると、あとでやって来る過去の自分が戦慄することになるのだが、こちらも冷や汗をかかされたのでお相子ということにしよう。

赤いオープンカーに乗り込むと背後から呼びかけられた。

「垣島武史さんですね？」

振り変えると、見たことのない老人が立っていた。

「そうですけど、あなたは誰ですか」

「ユキの父親です」

高校生のユキの父親ならば四、五十ぐらいのはずだが、その男性は七十代ぐらいに見えた。

「お帰りになったのですね」

もうすぐ父親が帰ってくると、ユキが言っていたのを思い出した。

「何とか無事に帰って来れました。そしてここ数日家の周りを監視していたら垣島さんが現れたので、しばらくあなたの行動を監視させてもらいました」

「どうしてですか。すぐにユキちゃんに会ってあげれば、彼女も安心したのに」

「あなたが私を追っている組織のメンバーかもしれないと思ったからです。でもどうやらそれは誤解だったようですね」

どうやって俺を監視していたのだろうか。

「しかしここに帰ってくるまで、ずいぶん時間がかかってしまいました」

彼は大きくため息をついた。

「どういうことですか」

「垣島さんにはおわかりかと思いますが、私は未来からやってきた人間です。私が未来でやっていた研究が非常に危険だということで、未来のある組織に殺されそうになったのです。そこで私は時間を遡(さかのぼ)り、この時代に逃げてきました。妻には先立たれてしまいましたが、ユキをこの時代に授かったので、このままひっそり暮らそうと思ったのです。しかし私を殺そうとした連中は、時間を遡った私にも追手を放ちました」

「そうだったんですか」

「私は彼らをまくために再び過去に逃げたのですが、誤って二十年前にタイムスリップしてしまったのです。私のタイムマシーンは過去に行くことはできますが、戻ってくることはできません。だから時間が経つのをずっと待つしかなかったんです」

それを聞いて、ユキの父親がこんなに年をとってしまった理由に気が付いた。

「まだユキには会っていませんが、こんなおじいちゃんになった私を見たら、さぞかしびっくりすることでしょうね」

ユキの父親は寂しそうに笑った。

「それでも生きたまま戻って来れてよかったじゃないですか。人間死んでしまえば、現代人でも未来人でもそれで終わりですから」

赤いオープンカーのブレーキとクラッチを踏み込んでエンジンをかけると、「おかえり」といつもの爽やかなエンジン音で応えてくれた。アクセルを踏むと車はゆっくりと走り出し、運転席に舞い込む風が優しく頬を撫でる。

バックミラーの中のユキの父親の姿が小さくなっていく。スマホには、浜口からのメッセージが着信していた。

『身の安全のために、今まで連絡できなくてすいません。独裁者の弟のインタビュー動画を奪われてお困りでしょう。こっそりホテルのレストランでコピーさせていただいてたので、その動画のコピーを局の方へ送っておきました』

石川町の入口から首都高に入りベイブリッジに向かう。

本線に合流し大きな右カーブに差し掛かると防音壁がなくなり、左に横浜の港が見えてくる。大小の貨物船、海に浮かぶ艀、ハーバーに並ぶ多数のクルーザーが一望できる。早くも一隻のタグボートが白い波を引いて沖に向かっていた。どこからか汽笛が聞こえてきた。船や港の灯りに照らされて、港の水面が白く光っている。

ベイブリッジに向けて高速は急激な上り坂となった。慌ててアクセルを踏みエンジン音が一オクターブ上がったが、この車に推進力をもたらすには少しだけ時間がかかる。やがて車輪に伝わった動力が車を前に押し進めると、隣のトラックを一気に追い抜いた。走行車線からひとつ右の車線に移り俺がさらに強くアクセルを踏み込むと、甲高いエンジン音とともに車はさらに加速する。

行き先は成田空港だった。

今日のフライトの前に、もう一度麻希と話し合う。

飛行機の搭乗番号も知らなかったし、彼女に会えるかどうかもわからなかった。そして麻希を引き止める「魔法の言葉」も思いついていなかった。

しかし俺にはわかっていた。

いや、今回わかったことがある。

どんなに難しそうなことでも、どんなに気の進まないことでも、人が何かをすることによって何かが変わる。何かをすることによって、必ず別の何かが起こり、そこで物事が動き出す。

そしてそれができるのは、今しかない。

人は過去に生きることも、未来に生きることもできない。

人は今の連続を生きている。

空が微かに白んで来た。

今、新しい一日が始まろうとしていた。

解説

池澤春菜

なんだか懐かしいのです。主人公の垣島さんがいるラジオの世界をわたしがよく知っているから、というだけではなくて。

日常生活に起きる不思議。それがドタバタと大きくなっていくさまを描くユーモラスな筆致。登場人物たちの距離感や、会話のテンポ。どこか柔らかくて温かい世界。読みながら、あぁ、わたしこの温度感を知ってる、と不思議な気持ちになりました。

AMラジオのDJ、垣島武史の身の回りでおこる、小さな齟齬。予約していた店に現れた自分とそっくりな誰か。その誰かは姿を見せないまま、彼の周りで徐々に存在感を増していきます。彼の車を運転し、婚約者に会い、やがては代わりに生放送をこなすまでに。毎回、あと一歩のところで偽者を捕まえることができずいらだつ垣島ですが、なんとその偽者から電話が。

「同じ人間が二人もいると何かと面倒でしょう。そろそろ、どっちが本当の垣島武史か決めた方がいいかと思いましてね」

偽者の真相とは。垣島は自分自身の人生を取り戻すことができるのか。


ドッペルゲンガー‼　このワクワクする響き。

ドイツ語でもうひとりのわたし、分身を意味するこの言葉。もしかしたらわたしより少し上の世代の方なら、少年少女向けのＳＦ全集のトキメキと共に思い出すかもしれません。

そう、この『ラジオスター』には、そんな古き良き時代のＳＦの魅力が詰まっている気がするのです。眉村卓さんや、星新一さん、豊田有恒さん、筒井康隆さんに、小松左京さん。あの時代のきら星のような作家たちが書いた〝ＳＦの面白さ〟が。

主人公たちはスマホを使っているから、舞台は現代なはず。ＦＸとかＳｕｉｃａとか、今ならではのアイテムも出てくるし。でも赤いオープンカーだったり、無頼で粋な映画監督だったり、Ｍ埠頭での待ち合わせだったり、どこか懐かしくて、問答無用でドキドキする道具がページをめくる毎に出てくる。子供の頃、夢中になって読みふけったあの本に出てきたような、憧れのガジェット。

ところが、自分自身の偽者と対峙したところから、もう一つの物語が転がり始めます。

ここからは一気にサスペンス。国際諜報事件、逃亡劇、銃撃戦、死角から命を狙われる焦燥感、そして何より恐ろしいのは、抗えない力で操られゆく運命。

後半は、いわばサイドＢであり、副音声。前半で語られた、垣島のどこかのほほんとした生活の裏で起こっていたこととは。表の謎が裏で一つずつ解き明かされていく過程、夢中になって読んじゃいますね。誰がＦＸを売ったのか。誰が夕刊を読みペットボトルの水を飲んだのか。同じ人物のはずなのに。サイドＢの垣島はずいぶんブラックで非情に感じます。

わたしの悪い癖は、ＳＦを読んできた勘で、ああこれはきっとこういう伏線で、こういう仕込みがあるんじゃないかと、斜め読みしてしまうこと。でも同時に、その予想を志駕さんがどう裏切ってくれるか楽しみにもしていました。期待はちゃんと報われました。予想の裏の、さらにもう一つの裏まで！

きっと皆さんも、後半を読みながら何度も「なるほどねぇ」と頷いたことと思います。翻（ひるがえ）り続ける運命に必死に抗い、もがき、でもけして諦めない垣島さんたちの冒険が迎えた結末は。

もし、もうひとりのあなたが現れたら、あなたならどうします？

小説家志駕晃さんのご紹介を少しばかり。

わざわざ小説家、とつけたのは、たくさんの草鞋を履いていらっしゃるから。

ご本名は勅使川原昭さん（こっちのお名前もペンネームみたい！）。まず明治大学在籍時に漫画家としてプロデビュー。大学卒業後はニッポン放送に入社し、バラエティ番組やラジオ番組のプロデュースなどに携わります。

40代になってから、子供の頃の夢であった作家を目指して書き始め、53歳の時に書いた『パスワード』は第15回『このミステリーがすごい！』大賞の最終候補作となりました。この作品は改題され、翌年『スマホを落としただけなのに』として出版。さらには映画化&舞台化&漫画化！

以来、小説家志駕晃さんとして『ちょっと一杯のはずだったのに』『あなたもスマホに殺される』『オレオレの巣窟』『私が結婚をしない本当の理由』など、精力的に書き続けていらっしゃいます。『ちょっと一杯』はこちらもラジオ業界が舞台。

この輝かしい経歴から、『ラジオスター』に至る道筋が見えた気がします。まずは垣島さんのいるラジオ業界、これはもちろんご自身の経験から。エネルギッシュでめちゃめちゃでとびきり面白くてスピード感が早くて、一瞬一瞬に真剣に取り組むあの世界を、わたしも懐かしく思い出しました。

中学生の頃には、星新一さんに影響を受けショートショートを書かれていたそう。おお、繋がった!!　お生まれ年から考えると、正に小学生くらいの頃にあかね書房やポプラ社の

ＳＦ全集を読んでいらっしゃったのかも。

『ちょっと一杯のはずだったのに』のユーモラスな暖かさは前半に、『スマホを落としただけなのに』のサスペンス感は後半に。そういう意味では、この『ラジオスター』は、今の志駕さんの集大成のような作品かもしれません。

志駕さんの執筆の上での心構え「今を切り取ること」。その今と同時に、子供の頃ＳＦに抱いた憧れや夢も詰め込んだ1冊。ぜひこれを機に、今後はミステリーだけではなくＳＦ作品も次々に書いていただきたいな、と思います。

（声優・エッセイスト・日本ＳＦ作家クラブ第20代会長）

毎日文庫

絶体絶命ラジオスター

印刷　2021年1月20日
発行　2021年2月5日

著者　志駕晃
発行人　小島明日奈
発行所　毎日新聞出版
東京都千代田区九段南1-6-17 千代田会館5階
〒102-0074
営業本部：03(6265)6941
図書第一編集部：03(6265)6745
ブックデザイン　鈴木成一デザイン室
印刷・製本　中央精版印刷
 ISBN978-4-620-21032-2